Thomas M. Meine

DIE REISE DER PELICAN

Nach dem Roman

The Cruise of the Pelican
von Henry Bedford-Jones

erschienen in London im Jahre 1924

**Bibliografische Information der
Deutschen Nationalbibliothek**

Die Deutsche Nationalbibliothek verzeichnet diese Publikation in der
Deutschen Nationalbibliografie;
detaillierte bibliografische Daten
sind im Internet über http://dnb.dnb.de abrufbar.

Herstellung und Verlag:
BoD – Books on Demand, Norderstedt
Alle Rechte vorbehalten

April 2022

ISBN 9 783756 200979

Inhalt

I. Bootsmann Joe

Tom Dennis saß auf einem Druckerschemel neben einem recht schmutzigen Fenster, das seine Gestalt nur schwach beleuchtete, und starrte in die Düsternis, die ihn umgab. Sein grobschlächtiges Gesicht war niedergeschlagen, sein kantiger Körper sackte mutlos in sich zusammen. In seiner Hand hielt er ein kleines Bündel Papiere.

Es war fünf Uhr dreißig am Nachmittag. Längst war der ausgewählte Inhalt der Abendzeitungen durch die große Presse gelaufen; die Walzen waren gewaschen und standen still; die Männer waren nach Hause gegangen.

Es war Samstagabend, und die Arbeit der Woche war getan. Das galt auch für *The Marshville Clarion*, wie Tom Dennis freudlos zugab.

Der Bursche aus der High-School, der Dennis beim Zusammentragen lokaler Artikel und beim Füllen der Spalten des *Clarion* half, war nicht wie üblich vom samstäglichen Baseballspiel zurückgekehrt, um seine Notizen aus frischer Erinnerung heraus aufzuschreiben. Dennis hatte ihn angewiesen, erst am Montag wiederzukommen – und auch nur dann, wenn er gerufen würde.

Stille und die Dunkelheit des ausklingenden Tages lagen düster über dem großen Hinterzimmer. Pressen, Gewichte und Setzkästen standen auf dem Boden.

Dieser Raum, der schon immer schmuddelig und dunkel war, schien jetzt das Herannahen der Liquidation zu spüren.

Der Geruch von Druckerschwärze hing in der Luft wie Weihrauch, der von toten Händen verstreut wurde:

Der *Clarion* hatte seinen eigenen Nachruf veröffentlicht.

Tom Dennis machte eine plötzliche Bewegung. In das schwache Licht des ungeputzten Fensters hielt er Papiere in seiner Hand. Es waren Rechnungen. Jede von ihnen trug den Stempel 'Bezahlt'. Als er sie ansah, stieß Tom Dennis ein freudloses, bitteres Lachen aus.

»Bezahlt!«, sagte er, und seine Stimme klang hohl in der Leere des großen Hinterzimmers. »Bezahlt, um Himmels willen – und keinen Cent mehr übrig! Die Bank hat eine Hypothek auf diese Fabrik! Ich kann die Schreibmaschinen für fünfzig Dollar verkaufen; ich muss es tun, um aus der Stadt zu kommen!«

Die äußere Tür, die Tür des Vorzimmers, knallte, und man hörte schwerer Tritte, die abrupt endeten.

Tom Dennis achtete nicht darauf; er spürte, dass jemand eingetreten war, aber es war ihm egal, was im Vorzimmer vor sich ging.

»Erledigt«, sagte er mürrisch. »Ich bin fertig! Dieses Jahr war verdammt anstrengend, und jetzt bin ich fertig.«

Er hatte recht: Er war fertig, und er wusste es.

Jeder Zeitungsmann träumt davon, eines Tages eine eigene Zeitung zu leiten, träumt vielleicht davon, eine 'Kleinstadt'-Zeitung zu übernehmen, träumt davon, sie auf seine Weise zu leiten und seine eigenen Vorstellungen davon zu verwirklichen, wie eine Zeitung geführt werden sollte, träumt von späterem Reichtum und Ruhm. In einem von tausend Fällen geht der Traum vielleicht einmal in Erfüllung.

Tom Dennis war am Ende seines eigenen Traums angelangt. Er hatte studiert, war Starreporter bei einer Tageszeitung in Chicago, hatte sein Geld gespart und war mit dreiundzwanzig Jahren Eigentümer der Zeitung *The Marshville Clarion* in dem kleinen verschlafenen Städtchen Marshville geworden.

Es folgte ein dynamisches Jahr. Tom Dennis hatte sich an die Arbeit gemacht, um Marshville aufzuwecken – und er hatte 'großen' Erfolg damit. Er hatte Marshville aufgerüttelt und eine lebhafte Feindseligkeit erweckt, einen tödlichen Groll, dass ein Fremder hierherkam und Ratschläge gab.

Marshville wusste, dass es eine schläfrige, sterbende, boshafte, rückwärtsgewandte Kleinstadt war – und Marshville wollte genau so eine Stadt sein! Als Tom Dennis versuchte, die Boshaftigkeit und den Verfall auszumerzen, war Marshville verärgert.

Sechs Monate vergingen, und das letzte Geld von Tom Dennis war weg.

Er verpfändete den gesamten Besitz mit einer Hypothek und kämpfte weiter. Er sah einen kleinen Schimmer von Erfolg am Horizont, und die Briefe von Florence Hathaway hatten ihn zu neuen Anstrengungen angespornt, aber nun war das Ende gekommen. Er musste entweder einen persönlichen Kredit aufnehmen, der aber nicht ausreichen würde, um ihn lange zu halten, oder er musste untergehen.

'A smart Yankee packet lay out in the bay,
To me way hay, o-hi-o!
A-waiting for a fair wind to get under way,
A long time ago!'

Die Stimme – eine gedankenvolle, donnernde Stimme – kam aus dem Vorzimmer, und es war eine Stimme, die Tom Dennis fremd war.

Er hörte aber kaum die Worte oder deren Vibrationen in der Luft. Seine Hand hatte sich um das Bündel Papiere gekrallt, und sein Kopf war gesenkt. Das Kinn an die Brust gepresst, befand er sich in der Agonie der Niederlage; trotz seines Wesens, trotz seiner schroffen Gesichtszüge, kullerten langsame Tränen über seine Wangen.

Diese Tränen galten nicht ihm selbst, nicht der Tatsache, dass er hier versagt hatte. Vor einem Jahr hätte Tom Dennis seine Niederlage noch scherzend und mit einem Lachen hingenommen, und er hatte sich nicht verändert. Es war auch kein Selbstmitleid, das diesem Mann die Tränen auf die Wangen trieb.

Er dachte dabei an Florence Hathaway.

Er hatte sie vor einem Jahr hier im Büro des *Clarion* angetroffen, eine Gesellschaftsreporterin. Sie hatte damals ihre langsam sterbende Mutter unterstützt. Zwei Jahre zuvor war ihr Vater, Kapitän Miles Hathaway, irgendwo im Pazifik auf See verschollen, und das Mädchen hatte ihre Mutter nach Marshville, ihrer alten Heimatstadt, zurückgebracht, und dort war die Mutter gestorben.

Das war drei Monate nach der Ankunft von Tom Dennis gewesen.

Florence Hathaway war für weitere drei Monate beim *Clarion* geblieben – vor allem aus Liebe zu Tom Dennis. Dann wurde ihr eine Stelle als Lehrerin an einer Privatschule in Chicago angeboten, und sie hatte das Angebot angenommen.

Nicht, dass Dennis gewollt hätte, dass sie akzeptiert – ganz im Gegenteil! Sie hatten in jener Nacht unter den Weidenbäumen am Fluss über alles diskutiert. Mit ihrer Hand in der seinen hatte das Mädchen Tom Dennis ein paar harte Fakten vor Augen geführt. Sie war von der seltenen Art, die einen Mann dazu bringen kann, Dinge zu erkennen.

»Tom, mein Lieber«, hatte sie sanft gesagt, »in einem Jahr wirst du dich hier in Marshville fest etabliert haben. Bis dahin können wir es nicht wagen, zu heiraten; das wäre dir gegenüber nicht fair! Mach dich erst einmal frei von finanziellen Sorgen. Nicht, dass mir das Geld wichtig wäre, Tom, aber du bist mir sehr wichtig, und jetzt redest du von einer Hypothek auf das Zeitungsgebäude, und das belastet dich.«

»Und wenn ich versage?«, antwortete Tom.

»Dann komm zu mir nach Chicago, und wir fangen neu an – gemeinsam.«

»Aber warum dorthin? Bleib hier, wo du mir am meisten helfen kannst! Es ist deine Gesellschaft, die mir am meisten hilft – «

»Nein, mein Lieber, Marshville hasst dich; du musst erobern oder erobert werden, und du weißt nicht, wie furchtbar bitter Marshville sein kann. Es ist wie jede Kleinstadt, Tom. Sie sind jetzt alle gegen dich, und wenn ich bei der Zeitung bleibe, werden sie über uns reden.«

»Außerdem mag ich den Ort nicht. Ich will eine Weile in Chicago sein, Herrin über mich selbst, ein bisschen echtes Leben und echte Dinge genießen.

Ich komme hierher zu dir zurück, oder du kommst zu mir, Tom, und – «

Jetzt, als er in dem schmuddeligen Hinterzimmer saß, dachte Tom Dennis über diese Dinge nach, und sein Stolz kochte in ihm hoch. Er konnte nicht zu seinem alten Job zurückkehren und sich eingestehen, dass er bei seiner Zeitung versagt hatte, dass er zu nichts Besserem taugte als zu einem Reporterjob. Er konnte auch nicht zu Florence Hathaway gehen – als ein Versager!

Er hatte von der Freiheit gekostet, und nun schien es ihm, als sei das Leben eines Reporters ein Hundeleben. Er würde nicht dorthin zurückkehren. Er würde sie nicht bitten, sich all dem zu stellen, auch wenn sie dazu bereit wäre – «

'We didn't get a drink for seventeen days
To me way hay, o-hi-o!
And nobody cared if she hung in stays,
A long time ago!

Undeutlich drangen die Worte in das Bewusstsein von Tom Dennis, rüttelten ihn leicht auf.

Wer war im Vorzimmer? Nun, das spielte keine Rolle mehr. Es gehörte jetzt der Bank – dem wortkargen alten Bankier Dribble, oben die Straße hinauf, wie alles andere auch.

»Es war vielleicht kein fairer Kampf«, murmelte Tom Dennis, mit einer plötzlichen Leidenschaft in den Augen.

»Sie haben mich nach Strich und Faden belogen und betrogen. Die Werbeverträge wurden mir untergejubelt. Sie haben versucht, mir bei jeder Gelegenheit in den Rücken zu fallen – und sie haben es auch getan! Aber es hat keinen Sinn, über all das zu weinen.«

Natürlich würde er die Stadt verlassen müssen – je eher, desto besser. Er könnte genauso gut den Abendzug nach Chicago nehmen und seine Pläne für einen Neuanfang schmieden.

Es gab nichts, was ihn hier hielt; alles war bezahlt, sogar die Zinsen für die Hypothek, und die Hypothek lief noch sechs Monate.

»Warum nicht?« Dennis kam plötzlich auf die Beine.

'Ich kann jetzt diesen Stall schließen, und sie können ihn sechs Monate lang nicht anfassen!', dachte er sich.

'Natürlich kann es sein, dass der Zustand des Gebäudes sich verschlechtert, dass Mäuse die Walzen anknabbern, dass die Farbe eintrocknet und dass die Druckmaschinen nicht mehr geölt werden – aber das ist die Sache des alten Dribble, nicht meine!'

'Ich habe noch sechs Monate Zeit! Ein wahrer Glücksfall – '

»Ahoi, Kumpel!«, rief eine Stimme. »Ahoi, Dennis! Wo sind Sie, Skipper?«

Eine gewaltige Stimme war das, eine brüllende, donnernde Stimme, die das schmuddelige alte Hinterzimmer mit wogenden Schallwellen erfüllte.

Erschrocken griff Tom Dennis nach der nächstgelegenen Lampe, schaltete die Glühbirne ein und richtete das Licht auf die Tür des Vorzimmers.

Dort, in der Tür, sah er eine Gestalt stehen, die ihn überraschte. Der Fremde war zwei Zentimeter größer als Dennis, der selbst 1,80 m groß war. Der Eindringling war nicht sonderlich gut gekleidet – grobe blaue Sersche, offensichtlich von der Stange, und ein weißes, weiches Hemd mit locker geknotetem Halstuch.

Aber das Gesicht – das Gesicht war das Entscheidende!

Es war ein eigenartiges Gesicht, und es betonte den Charakterzug, wie es bei den vielen Männern der Fall ist.

Die linke Seite war ziemlich regelmäßig. Die rechte Augenbraue war jedoch satanisch nach oben und die rechte Seite des Mundes war zu einem Grinsen nach unten gezogen.

Selten hatte Tom Dennis diesen Unterschied auf ein und derselben Gesichtshälfte eines Mannes so ausgeprägt gesehen.

Abgesehen davon war es ein massives, kräftiges Gesicht, das von zwei sehr direkten, stechenden, räuberischen Augen von hellblauem Farbton erhellt und von flammend rotem Haar gekrönt wurde.

Ha!«, sagte der Fremde und trat vor. »Sie sind Dennis?«

»Sie haben recht«, und ein säuerliches Lächeln umspielte die Lippen des Zeitungsmannes.

»Ich heiße Dennis, genau. Haben Sie mir noch eine Rechnung zu präsentieren?«

Der andere hielt inne und starrte ihn an.

»Rechnung?«, wiederholte er. »Rechnung? Sie bezahlen ihre Rechnungen, wirklich?«

Dennis lachte kurz auf. »Darauf können Sie wetten, und dann verschwinde ich heute Nacht von hier.«

»Nun, wie viel ist es?«, sagte Dennis. »Ich schätze, ich kann genug zusammenkratzen, um Sie zu bezahlen; wenn nicht, gibt es draußen eine Schreibmaschine, die Sie mitnehmen können. Ich dachte, ich hätte alles bereits bezahlt, obwohl – «

Der Fremde warf den Kopf zurück und lachte. Dieses Lachen war eine tosende Woge, als ob der Rothaarige daran gewöhnt wäre, sein Lachen in den Rachen eines heulenden Sturms zu schleudern.

»Ho-ho!«, rief er ungestüm. »Sie verlieren den Halt am Seil, he? Untergegangen, he? Noch so ein armer Schlucker, der nicht gegen die Rechtsverdreher ankommt und untergegangen ist!«

»Machen Sie es doch wie ich, Kumpel. Ich war einst selbst im gleichen Boot – und bin abgehauen und zur See gefahren! Ich soll verflucht sein, wenn mich das nicht zu dem gemacht hat, was ich bin.«

»Nun, wenn Sie meinen Rat befolgen und das Gleiche tun – «

»Was wollen Sie?«, schnauzte Dennis plötzlich. »Ich bitte Sie nicht um ihren Rat, mein Freund. Haben Sie etwas geschäftlich mit mir zu tun?«

»Aye.« Der andere trat mit ausgestreckter Hand vor. Seine Stimme war versöhnlich. »Kommen Sie schon, ein bisschen Spaß richtet keinen Schaden an, Kumpel! Ich habe keinen beabsichtigt und auch keinen genommen.«

»Mein Name ist Ericksen; man nennt mich meist Bootsmann Joe, obwohl ich den Quartiermeister-schein in meinem Ölzeug habe. Ich möchte ein bisschen mit Ihnen reden, wenn Sie Zeit haben.«

»Ich habe viel Zeit«, antwortete Dennis. »Setzen Sie sich.«

Als sie sich die Hände schüttelten, spürte Dennis, dass die Handfläche von Ericksen hornig und rau war und große Schwielen aufwies; aber der Daumen lag dagegen mit sanftem Druck auf dem Rücken seiner eigenen Finger. Ein Seemann also, der es gewohnt war, mit Seilen umzugehen! Das erklärte die merkwürdigen Sprachfetzen in seinem Jargon.

'Aber was machte ein Seemann hier, inmitten in den Vereinigten Staaten?', dachte er sich.

Ericksen setzte sich bequem auf einen hohen Schemel, stopfte losen Tabak aus seiner Tasche in einen Pfeifenkopf und zündete ein Streichholz an. Seine stechenden, arroganten, hellblauen Augen musterten Tom Dennis mit einem prüfenden Blick.

»Ich habe gehört«, sagte er abrupt, wobei eine Rauchwolke von seinen Lippen aufstieg, »ich habe gehört, dass Sie und Miss Hathaway verlobt sind und heiraten wollen.«

Seine Stimme klang immer noch versöhnlich, fast wie ein gezwungenes Jammern, und dennoch stand sie in einem großen Gegensatz zu diesen grimmigen, raubtierhaften Augen.

Tom Dennis errötete zornig. »Worauf wollen Sie hinaus?«, fragte er. »Was haben meine Privatangelegenheiten mit Ihnen zu tun?«

»Regen Sie sich nicht auf, Kumpel«, antwortete der andere. »Ich komme zum Ziel und steuere auf einem sicheren Kurs dorthin. 'Behalte deine Karten im Auge, Bootsmann', sagt der Kapitän immer zu mir, 'und halte Ausschau nach Untiefen zwischen den Landhaien.'«

»Und das tue ich auch. Da ich das Land gut kenne und aus der Gegend von Wisconsin komme, kann ich natürlich besser navigieren als die anderen, aber trotzdem muss ich das Steuerrad gut im Auge behalten. 'Auf dieser Reise wird nicht nach dem Wind gesteuert', sagte der Skipper, und er hat recht.«

Tom Dennis verstand nur Bahnhof.

»Also, was wollen Sie von mir?«, wiederholte er.

»Sie beantworten erst meine Frage, Kumpel«, erwiderte der andere ruhig.

»Das geht Sie überhaupt nichts an«, schnauzte Dennis.

Zu seiner Überraschung kicherte Ericksen nur gut gelaunt und schlug sich auf das Knie, als hätte er einen guten Scherz gemacht.

»Ich habs gewusst! Sie werden es tun. Gehen Sie vielleicht nach Chicago, um zu heiraten?«

Die Hand von Dennis schloss sich um ein schweres Werkzeug, aber Ericksen unterbrach.

»Komm, fang keinen Ärger an, Kumpel! Ich muss erst die Karte kennen, bevor ich meinen Kurs festlegen kann. Ist das nicht vernünftig?«

»Ich bin heute Nachmittag in diese Stadt gekommen, um Miss Hathaway zu suchen«, fuhr er fort, »und erst einer, dann ein anderer hat mir gesagt, sie sei nach Chicago gegangen, aber sie wussten nicht genau, wohin.«

»Sie sagten, ich solle hierherkommen und nach Ihnen suchen, da Sie es aus privaten Gründen wissen müssten.«

»Habe ich mich klar und höflich genug ausgedrückt? So bin ich immer. 'Pass auf dein Mundwerk auf, Bootsmann', hat der Skipper immer zu mir gesagt. 'Bleib sanft und freundlich'. Und so mache ich das auch.«

Der Seemann grinste. Dieses Grinsen war so fröhlich und er zeigte dabei seine weißen Zähne, dass Tom Dennis sich fast gezwungen fühlte zu lächeln, aber die arroganten, hellblauen Augen seines Gegenübers hielten ihn zurück.

»Sie wollen die Adresse von Miss Hathaway – ist es das?«

»Das ist ein Teil meiner Wünsche, Kumpel«, antwortete Ericksen. »Nur einen Teil davon!«

II. Nachrichten von nirgendwo

Am Sonntagmorgen hörte sie die Stimme von Tom Dennis am Telefon und erhielt die Einladung, mit ihm in der Stadt Mittag zu essen. »Komm in die Schule, Tom!«, hatte sie ihm geantwortet. »Du kannst als mein Gast in der Aula speisen. Was hat dich überhaupt in die Stadt geführt?«

»Ich kann jetzt nicht reden, Florence. Und ich muss deine Einladung ablehnen, weil wir alle drei in der Stadt essen müssen. Am besten im 'Royton', dann haben wir vergleichsweise viel Privatsphäre.«

»Alle drei?«, wiederholte sie. »Wer ist bei dir?«

»Ein Mann, der Neuigkeiten von deinem Vater hat, Liebes. Er soll um Punkt eins zu uns ins 'Royton' kommen, aber ich möchte dich vorher noch kurz sehen. Treffen wir uns doch gegen halb eins im Kunstinstitut. Ich bin im Japan-Raum. Glaube mir, es ist wichtig!«

»Neuigkeiten von Vater? Aber ja! Ich werde pünktlich da sein, Tom. Japan-Raum!«

Zu einer Stunde, in der die Galerien völlig menschenleer waren, lief Tom Dennis im Japan-Raum auf und ab und vorbei an den Vitrinen mit den Lackobjekten. In seiner gegenwärtigen Stimmung, nachdenklich die Stirn runzelnd, sahen seine Züge fast abweisend aus; es war ein starker Gesichtsausdruck, zerklüftet von einer kompromisslosen Männlichkeit.

21

Wenn man ihn so betrachtete, konnte man verstehen, wie dieser Mann sich ohne fremde Hilfe erst durch das College und später an die Spitze eines überlaufenen Berufs hochgearbeitet hatte.

Fast auf die Minute pünktlich erschien Florence Hathaway. Dennis kam ihr an der Tür entgegen, hielt ihre Hand, schaute sich kurz um und beugte seine Lippen darüber.

»Hier entlang, Liebes!«, sagte er und drehte sich um. »Da sind wir ungestört.«

Gemeinsam gingen sie nach draußen auf einen der kleinen Balkone mit Blick auf den dunstigen Park und das Seeufer. Tom Dennis wischte zwei der Stühle ab und stellte sie an das steinerne Geländer.

»Worum in aller Welt geht es, Tom?«, fragte das Mädchen verwundert.

»Erst ich, dann du«, antwortete Tom.

Lächelnd füllte er seine Pfeife und zündete sie an. Dann erzählte er seine Geschichte, beginnend mit seiner eigenen Situation am vergangenen Nachmittag bis hin zur Ankunft von Bootsmann Joe. Er beschrieb seinen eigenen hoffnungslosen Fall sehr unverblümt und freimütig.

Florence Hathaway unterbrach ihn nicht, sondern saß schweigend da, die Augen auf sein zerklüftetes Gesicht gerichtet, in dem sie die

Zeichen seiner Sorgen aus der zurückliegenden Zeit und wegen seines Versagens las.

Es waren schöne Augen, die mit Liebe und Zärtlichkeit auf ihm ruhten. Ein Künstler hätte sagen können, dass sie zu groß für ihr Gesicht waren, dass ihre glühenden braunen Tiefen eine zu leidenschaftliche Inbrunst enthielten, eine zu ruhige Ausstrahlung, die nicht zu ihren fast farblosen Wangen passte.

Nach keiner Regel konnte Florence Hathaway als besonders schön bezeichnet werden, und doch hatte Marshville sie mehr vermisst, als alle anderen abwesenden Töchter zusammengenommen.

In ihren Augen lag in der Tat die tapfere und zarte Seele von Florence Hathaway. Ihr schlanker, fast mädchenhafter Körper wirkte zerbrechlich, doch wer in ihre ebenmäßigen Augen blickte, wusste, dass sie einen unbezähmbaren Geist besaß – vielleicht ein Erbe jenes verlorenen Vaters, dessen eiserne Seele mit den Männern und Winden und Meeren der halben Welt gekämpft hatte.

»Dann hast du Marshville für immer verlassen?«, fragte sie leise, als Dennis innehielt.

»Ja.« Er nickte knapp. »Das Gebäude wird für sechs Monate geschlossen sein. Wenn ich bis dahin nicht zurückgekehrt bin, wenn ich nicht auf eine glückliche Ader gestoßen bin, kann der alte Dribble seine Hypothek kündigen und gesegnet sein!«

»Natürlich setze ich nicht darauf, schnell reich zu werden; es ist nur eine große Chance, die mir noch bleibt.«

»Nun, da das geklärt ist«, fuhr er fort, »lass uns über deinen neuen 'Freund' Ericksen sprechen. Hast du noch nie von jemandem mit diesem Namen gehört?«

»Nein. Er könnte aber meinen Vater gekannt haben – «

»Dazu komme ich gleich. Ericksen war von der Pazifikküste herübergekommen, um dich zu finden – persönlich. Merke dir das als Punkt 'Eins' – großgeschrieben.«

»Warum aber persönlich, wenn ein Brief oder ein Telegramm dich auch erreicht hätte? Das wirft gleich ein Fragezeichen zu Punkt Eins auf. Außerdem mag ich das Aussehen des Kerls nicht.«

»Punkt Zwei: Er erzählt eine sehr merkwürdige Geschichte, dass dein Vater gar nicht auf dem Meer verschollen ist, sondern gerettet wurde – «

»Was?«, unterbrach das Mädchen und beugte sich vor. Wieder nickte Dennis unbeirrbar.

»Ja, wenn du es glauben willst. Ich glaube es nicht!«

»Er sagt, dein Vater sei von Eingeborenen, die ihn auf einer der Aleuten-Inseln gefunden hatten, nach Unalaska gebracht worden [Stadt auf der Aleuten-Insel Unalaska Island im US-Bundesstaat Alaska] – und er sei dann an etwas erkrankt, was man früher 'Gehirnfieber' nannte.«

»Er erlitt dadurch eine ziemliche Lähmung. Man hat ihn deswegen nach Vancouver in Kanada gebracht und er lebt jetzt dort in einem Seemannsheim. Wegen der Lähmung, kaum in der Lage am Leben zu bleiben, war er nicht fähig gewesen, seinen Namen zu nennen – denk daran, dies ist alles so, wie es der Bootsmann Joe erzählt.«

»Ericksen oder einige seiner Freunde hatten deinen Vater dort gesehen, ihn erkannt und ihn sofort in eigene Obhut genommen. Verstehst du das, Florence? Sie haben ihn jetzt in einem Haus in Vancouver und kümmern sich um ihn.«

»Fragen zu Punkt Zwei! Sie sind sicher keine solchen Menschenfreunde; warum haben sie das getan? Warum haben sie sich nicht mit den Behörden in Verbindung gesetzt? Warum haben sie Bootsmann Joe geschickt, um dich zu holen?«

»Um mich zu holen?« Die braunen Augen des Mädchens zeigten ein lebhaftes Leuchten.

»Ja. Ericksen möchte, dass du deinen Vater besuchst, dass du versuchst, mit ihm zu kommunizieren. Aber warum? Ich weiß es nicht.«

»Wahrscheinlich weiß dein Vater etwas – etwas, das Ericksen oder seine Freunde wissen wollen.

Nun, ich nehme an, du würdest schnell genug mitgehen, wenn du an diese Geschichte glaubst?«

»Mitgehen?«, platzte es aus ihr heraus. »Aber natürlich! Heute noch – jetzt!«

»Ericksen schien zu glauben, dass du das nicht tun würdest«, sagte Dennis trocken. »Er hat mir tausend Dollar angeboten, um dich zu überreden, mitzukommen. Ich habe mich aber geweigert, ihm deine Adresse zu geben.«

»Wir sind gestern Abend zusammen nach Chicago gekommen, und ich habe ihm gesagt, dass du uns zum Abendessen treffen würdest. Das ist alles.«

»Punkt Drei: Warum hat er mir das Geld angeboten?«

Er schwieg eine Minute lang, dann drückte er seine Pfeife aus und drehte sich zu ihr um.

»Bedenke es genau, Florence: Da ist etwas mächtig Seltsames im Wind!«

»Zu Punkt Eins: Warum ist Bootsmann Joe persönlich gekommen, um dich zu holen? Zu Punkt Zwei: Warum kümmern sich seine Freunde um deinen Vater? Zu Punkt Drei: Warum versuchen sie, mich zu bestechen, damit ich dich zum Gehen überrede? Das gefällt mir nicht.«

Sie sah ihn schweigend und stirnrunzelnd an.

»Ich kann keine dieser Fragen beantworten«, sagte sie schließlich, etwas zögerlich. »Aber wenn mein Vater noch lebt und in diesem Zustand ist, dann ist mein Platz bei ihm!«

»Lassen wir das«, fuhr sie fort, »bis wir diesen Mann gesehen haben. Er wird vielleicht einige Beweise für mich haben. Was hätte er für einen Anreiz, mir eine solche Geschichte zu erzählen, wenn sie nicht wahr wäre – «

»Was dich betrifft, Tom: Was hast du jetzt vor?«

Er lachte kurz auf. »Ich habe kaum darüber nachgedacht, Florence; diese andere Sache hat mich die ganze Nacht beschäftigt. Aber eins weiß ich, ich werde nicht zulassen, dass du mit diesem Seemann an die kanadische Westküste gehst! Das ist todsicher. Wenn seine Geschichte wirklich wahr ist, dann komme ich mit, irgendwie!«

Er schaute auf seine Uhr und erhob sich.

»Es ist Zeit! Mach Ericksen keine festen Zusagen. Hör ihm zu und ziehe deine eigenen Schlüsse. Vereinbare zunächst einen Termin für morgen, um ihm eine Antwort zu geben. Am besten wieder im Royton. Bring ihn dazu, unsere Kosten für die Reise in den Westen zu übernehmen.«

»Du weißt, dass ich sein Geld nicht annehmen werde, Tom – für so einen Auftrag.«

»Aber ich werde das«, und Dennis lachte.

»Ich bin auf vierunddreißig Dollar runter! Außerdem will ich sehen, wie er freiwillig zustimmt, echtes Geld herauszurücken. Es ist schon merkwürdig, dass die Leute bereit sind, so viel zu zahlen, um dich nach Vancouver zu holen!«

»Alle Seeleute sind großzügig«, sagte das Mädchen leise. »Vielleicht stecken ein paar Freunde von Vater dahinter.«

»Sie haben dir aber nicht telegrafiert, oder? Nun, wir werden sehen. Wie auch immer – zieh ihm das Geld aus der Tasche!«

Schweigend kehrten sie in den Korridor zurück, stiegen die breite Treppe hinunter und suchten den Weg auf die Straße.

Bald danach betraten sie eine verlassene Lobby und erreichten den Aufzug, der zum darüber liegenden Restaurant führte.

Als sie aus der Kabine stiegen, fanden sie Bootsmann Joe vor, der sich sichtlich unwohl fühlte und offensichtlich von den Leuten im Restaurant mit Misstrauen betrachtet wurde. Dennis, der den Oberkellner von früher kannte, hatte einen ruhigen Tisch in einer Ecke ausgesucht und bestellte das Essen.

Heimlich beobachtete er Florence, um zu sehen, was sie von dem Seemann hält; aber sie tat offensichtlich ihr Bestes, um Ericksen zu beruhigen. Dieser fühlte sich in dieser Umgebung alles andere als wohl. Die Tischtücher und das Silber, die Tischdekoration, das Orchester, die gesamte Umgebung – all das beschämte und beunruhigte ihn. Tom Dennis grinste in sich hinein, denn genau das hatte er beabsichtigt.

Aber Bootsmann Joe war aus einem bestimmten Grund dort und verlor keine Zeit, zur Sache zu kommen.

Auch Florence Hathaway war wild entschlossen, die Nachricht von ihrem Vater bestätigt zu bekommen, und drängte ihn, seine Geschichte sofort zu erzählen.

Als die Suppe ankam, war Ericksen schon voll in seinem Element und vergaß seine eigene Unbeholfenheit und die Anwesenheit des Mädchens.

Seine Schüchternheit wich von ihm, und er erzählte die Geschichte ausführlicher, als er es Dennis gegenüber getan hatte – vielleicht im Bann dieser leuchtenden braunen Augen von Florence.

Und Dennis, der den Mann studierte, erkannte, dass Ericksen kein Narr war. Das hatte er schon an den verzerrten Gesichtszügen gemerkt.

Je mehr er nun zuhörte, desto mehr hatte Dennis das Gefühl, dass Bootsmann Joe für seine jetzige Aufgabe gut ausgewählt worden war. Der Mann trug die Geschichte von Kapitän Hathaway mit einer Sachlichkeit vor, die überzeugend wirkte.

»Also, Ma'am, der Kapitän und seine Frau kümmern sich um ihn«, schloss er. »Der Kapitän sagte zu mir: 'Wenn die Dame einen Beweis will, Bootsmann, dann geben Sie ihn ihr!' Also, Ma'am, ich habe ein paar Fotos gemacht, die uns alle zusammen zeigen.«

Ericksen holte einen Umschlag hervor und reichte ihn dem Mädchen. Sie zog einige Fotos heraus – und ihr Gesicht wurde weiß.

Dennis beugte sich vor, seine Augen hielten den Blick des Seemanns fest:

»Sehen Sie, Ericksen!, es gibt einige Dinge, die wir nicht verstehen.

Warum sind Sie persönlich gekommen, um Miss Hathaway zu suchen? Wer ist Ihr Skipper, und warum kümmert er sich um Kapitän Hathaway? Warum geben Sie so viel Geld für das Projekt aus?«

Die arroganten, hellblauen Augen leuchteten plötzlich auf – ein Blitz des Misstrauens, des Zorns.

»Seeleute zählen keine Pennys«, sagte der Mann knapp. »Außerdem kannte der Skipper – Käpt'n Pontifex – Käpt'n Hathaway von früher. Sie waren Freunde.«

»Und er hofft, durch Miss Hathaway an Informationen zu kommen?«

Ericksens sommersprossige Gesichtszüge röteten sich. Seine eine satanische Augenbraue zuckte nach oben.

»Ja, das ist wahr; aber was es ist, kann ich nicht sagen. 'Pass auf dein Maul auf, Bootsmann', hat der Kapitän zu mir gesagt. Das ist alles.«

»Mr Dennis wird mit uns an die Westküste gehen«, sagte Florence Hathaway leise und reichte Dennis die Bilder. »Werden Sie die Kosten übernehmen, Mr Ericksen?«

»Jawohl, Miss.« In den hellblauen Augen las Dennis einen plötzlichen gierigen Schimmer. Sie waren sehr gefährlich, diese Augen, sehr räuberisch und skrupellos. »Jawohl, Miss – das sage ich hier und jetzt.«

Der Seemann brachte eine kleine Rolle mit Geldscheinen zum Vorschein und zählte drei Fünfziger ab, die er Dennis reichte, und dieser nahm sie.

Die Augen der beiden Männer trafen sich und hielten sich fest; und wieder spürte Dennis dieses Gefühl der Abneigung, der erzwungenen Freundlichkeit, als ob der Mann eine tödliche Feindseligkeit hinter einer Show eifriger Beschwichtigungen verstecken würde.

Zuerst hatte Bootsmann Joe ihn versönlich stimmen wollen; jetzt wollte er das Gleiche bei Florence Hathaway erreichen.

Dennis schob das Geld in seine Tasche, trotz eines flehenden Blicks des Mädchens.

Es gab vier Fotografien; auf jeder war eine Gestalt in einem Rollstuhl abgebildet – und es war Kapitän Hathaway.

Dennis hatte schon andere und ältere Bilder von Florence Hathaways Vater gesehen, und er erkannte sofort das massige Gesicht, die riesige Statur, die großen, unerschrockenen Augen. Er sah jedoch weniger auf diese Gestalt als auf die anderen, die auf den Bildern zu sehen waren.

Der eine war Kapitän Pontifex – ein Mann, groß und schlank, mit einem hohlen und blassen Gesicht, tiefliegenden Augen und einem lockigen schwarzen Schnurrbart.

Ein anderes zeigte Mrs Pontifex – 'die 'Missus', wie Bootsmann Joe sie nannte; ihr Gesicht war undeutlich, aber ihre Figur schien recht groß zu sein.

Auf zwei der Bilder war Ericksen selbst zu sehen. Die einzige andere Gestalt war die eines schwarzen Mannes, die Ericksen als den Maat des Kapitäns, Manuel Mendez, einen 'schwarzen Portugiesen' von den Kapverdischen Inseln, bezeichnete.

Tom Dennis gab den Umschlag an Ericksen zurück.

»Und was ihre tausend Dollar anbelangt, die will ich nicht«, sagte er leise. »Ich hatte Miss Hathaway alles erzählt, was Sie mir gesagt haben, und auch von ihrem Angebot einer Bestechung; das ist nicht nötig.«

Ericksen zeigte sich völlig unbeeindruckt.

»Dann, Miss, nehme ich an, dass Sie gehen werden?«

Florence lächelte ihn an; und wenn sie lächelte, wurden ihre zarten Züge plötzlich wie von einem warmen Sonnenschein erhellt.

»Treffen Sie uns morgen zum Mittagessen hier, Mr Ericksen, und ich werde Ihnen meine Entscheidung mitteilen.«

»Ja, Ma'am – und wenn ich das sagen darf, die Sache ist ein wenig eilig.«

»Gewiss. Wenn wir gehen, dann sind wir bereit, morgen Abend um acht Uhr den Schnellzug zu erreichen.«

»Besser geht es nicht, Miss!«, rief der Seemann.

»So ist es recht, das ist es«, fuhr er fort.

»'Wenn wir gehen', sagen Sie, 'dann machen wir es sofort' – einfach so! Alles klar auf dem Schiff. In bester Ordnung und kurz entschlossen.«

»Ich bin stolz, Sie kennengelernt zu haben, Miss Hathaway, und ich hoffe, Sie können Ihrem armen Vater ein paar Worte entlocken.«

Ericksen hielt abrupt inne, so, als hätte er zu viel gesagt. Er stellte auch keine Fragen bezüglich des Geldes, das er Dennis übergeben hatte, und das war für Dennis eine unnatürliche und rätselhafte Tatsache, denn Ericksen hätte das Geld für die Reise kaum sofort ausgehändigt, wenn er sich nicht sicher gewesen wäre, wie sich Florence Hathaway entscheiden würde.

Die gesamte Haltung dieses Seemanns war äußerst rätselhaft. Seine Sorglosigkeit in Bezug auf das Geld mochte damit zu erklären sein, dass Kapitän Pontifex hinter ihm stand – aber es erschien dennoch seltsam.

Etwas von diesen Gedanken beschäftigte Tom Dennis immer noch, als er mit Florence Hathaway das Gebäude verließ. Sie hatten sich gerade von Ericksen in der Lobby des Restaurants getrennt, scheinbar zur vollen Zufriedenheit des Seemanns, und Dennis hatte bereits nach einem Taxi gerufen.

Als sie dann in Richtung North Shore fuhren, bemerkte das Mädchen sein Schweigen: »Nun, Tom? Ich wüsste gerne, was du denkst!«

»Ich habe mich gefragt, was Ericksens für ein Spiel spielt«, antwortete er – »und wer dieser Käpt'n Pontifex ist!«

»Ich habe nie von ihm gehört«, sagte Florence. »Vater hat ihn jedenfalls nie erwähnt. Nun, wirst du das Geld behalten?«

»Ja. Es ist eine gute Beute vom Feind.«

»Feind? Aber Tom, du glaubst doch nicht etwa, dass Ericksen und seine Freunde – «

»Ich bin überzeugt, dass etwas dahinter steckt, Florence, etwas, von dem wir nichts wissen, und dass es nichts sehr Gutes ist.«

Das Mädchen lachte. »Oh, Tom, du bist köstlich! Nimm dich zusammen, wir fahren morgen Abend gen Westen, das heißt, *ich* fahre mit. Du kannst nur unter einer Bedingung mitkommen.«

»Ja?« Er sah sie an, misstrauisch wegen des Funkelns in ihren Augen. »Was ist es?«

»Das sage ich dir sofort, mein Lieber.

»Aber zunächst: Ist es nicht so, dass du in Marshville versagt hast?«

»Vollkommen und schrecklich«, antwortete Tom.

»Und du weißt noch nicht, was du jetzt tun wirst?«

»Nein.«

»Es wäre sehr töricht, wenn wir heiraten würden, nicht wahr – vor allem, wenn der arme Vater versorgt werden muss?«

»Ich habe achthundert Dollar auf der Bank – eine kleine Überraschung für dich, mein Lieber, aber wir werden aber wohl im Westen bleiben müssen, um einen Neuanfang zu machen. Und, Tom, es wird lange dauern, bis wir wieder auf die Beine kommen, stimmts?«

Er starrte düster auf das Taxifenster, in dem bitteren Bewusstsein, dass sie die Wahrheit sprach.

»Natürlich«, stimmte er ihr zu. »Ich hatte nicht die Absicht als Versager zu dir zu kommen und dich an dein Versprechen zu erinnern, Florence.«

Seine Stimme war rau. »Ich bezweifle, dass ich gekommen wäre, wenn mich nicht diese andere Sache dazu gebracht hätte.«

»Du hast ganz recht. Es wäre kriminell, wenn wir heiraten würden, mit nur ein paar Dollar in der Hand, und dein hilfloser Vater – «

»Pst!« Ihre Hand flatterte über seine Lippen, und er küsste sie prompt. »Sag nicht, dass es kriminell wäre, Tom, es wäre nur töricht.«

»Was ist die Bedingung?«, beharrte er.

»Dazu komme ich gleich.«

»Du gibst also zu, dass wir in unserer jetzigen Situation auf Nummer sicher gehen und warten sollten, bis wir uns im Westen etabliert haben und finanziell auf eigenen Füßen stehen?«

»Das sollten wir natürlich«, nickte er mit einem Funkeln in den Augen. »Es wäre töricht, der Armut zu begegnen, alles anzunehmen – «

»Ist es nicht sehr töricht, überhaupt verliebt zu sein, Tom, mein Schatz?«

»Nicht, wenn du es bist! Das ist etwas, wofür niemand etwas kann.«

»Dann sage ich dir jetzt meine Bedingung, und wenn du dich weigerst, kannst du nicht mit in den Westen kommen!«

»Morgen früh werden wir verheiratet sein. Wir werden absichtlich töricht sein – unsere Lasten auf uns nehmen, einander haben und das Beste aus den Dingen machen!«

»Oh, starr mich nicht an. Glaubst du nicht, dass meine Liebe, mein Vertrauen und mein Glaube an dich dies alles überragen, Liebster? Das ist aber so.«

»Wir können nur gewinnen, wenn wir etwas wagen, also werden wir alles wagen! Und miteinander, Tom – wir werden gewinnen!«

III. Den Kurs festlegen

Als das Essen beendet war, hatte es Bootsmann Joe nicht eilig, das Restaurant zu verlassen; stattdessen kehrte er an den Tisch zurück und bestellte einen Drink, nachdem er Dennis und Florence Hathaway hinterhergesehen hatte, als sie das Lokal verließen.

Da er das Essen bereits bezahlt und dem Kellner ein ansehnliches *pourboire* [Trinkgeld] gegeben hatte, war niemand dagegen gewesen, dass er so lange blieb, wie er es wünschte. Er erklärte ihnen, dass er einen Telefonanruf erwarte.

Tatsächlich rief ihn der Kellner fast eine Stunde später in die Lobby. Ericksen nahm den Telefonhörer in die Hand und sagte: »Aye, Kumpel!«

Dann hörte er zu. Wieder sagte er: »Aye, Kumpel!«, und legte den Hörer auf.

Er nahm den Aufzug zur Straße und ging zügig die zweieinhalb Blocks zu einem Hotel in der Innenstadt. Es sah so aus, als würde er hier Halt machen, denn er ging direkt zur Rezeption, verlangte seinen Schlüssel und verschwand dann im Aufzug.

Fünfzehn Minuten später erkundigte sich ein Mann an der Rezeption nach Mr Ericksen und wurde in das Zimmer von Bootsmann Joe geführt.

Dieser andere Mann hatte ein eigenartiges Aussehen, wie es auch bei dem rothaarigen Bootsmann der Fall war. Er war aber eher klein, sah sehr adrett aus und trug einen dichten kleinen Schnurrbart auf der Oberlippe. Seine Bewegungen waren schnell, wendig und äußerst aufmerksam. Man hätte ihn sofort als einen Franzosen erkannt, doch als er Ericksens Zimmer betrat, sprach er in gutem Englisch.

»Ah, Bootsmann! Gut gemacht, mein Freund; du hast sie ausgezeichnet beschrieben.«

Ericksen betrachtete ihn mit einem schiefen Lächeln.

»Dann bist du ihnen gefolgt?«

»Natürlich. Sie sind zu einem Ort auf der North Side gegangen, einer Mädchenschule, an der sie unterrichtet. Bald darauf kam er heraus und ging zu einer Pension in der North Clark Street. Ich folgte ihm hinein und nahm mir ein Zimmer neben seinem, das ich heute Nachmittag beziehen werde. Er wohnt in der dritten *étage* – 'drei Treppen hoch', wie du es nennen würdest. Obergeschoss.«

»Gut, Dumont.« Ericksen fuhr sich mit den Fingern durch sein zerzaustes rotes Haar. »Wir haben es schnell geschafft, was? Wir sind seit zwei Tagen hier und bereit, schon morgen Abend unseren Anker zu lichten. 'Bewegt euch', sagt der Skipper immer; 'setzt alle Segel!'«

»Wir haben es geschafft. Stimmts? Hast du deine Sachen zusammen?«

Dumont zündete sich eine Zigarette an, blies eine dünne Wolke aus und nickte.

»Alles erledigt. Morgen früh soll alles für mich bereit sein. Ich werde es inspizieren, und dann wird es in einen speziellen Koffer gepackt, bereit für den Transport.«

»Gut. Wir werden morgen Abend beim achten Glockenschlag [20:00 Uhr] oder so abreisen. Hol dir morgen früh deine Fahrkarte und prüfe, was darauf steht. Bist du sicher, dass es das ist, was der Skipper bestellt hat?«

Dumont musterte ihn mit einem müden und heimtückischen Lächeln.

»Ich, mein Freund, ich mache keine Fehler.«

»Ah, dein Skipper!«, sagte er dann. »Er ist ein Wunder, ein großer Mann! Nicht jeder kennt sich mit diesem wunderbaren Dumas [der Schriftsteller Dumas gemeint] so gut aus! Aber das ist unser Kapitän, der macht es – *pouf!* [Puh!] So ist das. Für ihn ist das gar nichts.«

»Ich weiß nicht so recht. Ich kenne mich mit diesen 'Dumas' nicht aus«, erwiderte Ericksen. »Ich kannte mal einen Kerl mit diesem Namen, einen Neger-Maat auf dem Postsegler *Columbia* aus Singapur – «

Dumont gluckste. »Zerbrich dir nicht deinen rotlockigen Kopf, mein Freund! Aber jetzt, hast du vielleicht die Güte, mir das alles zu erklären? Wer ist dieser Mann mit dem großen Körper und den gefährlichen Augen?«

»Ratten sind gefährlich!«, schnaubte Ericksen. »Er ist völlig heruntergekommen. Hat sich mit den Gesetzeshaien angelegt und Schlagseite bekommen. Er ist misstrauisch, das ist alles. Er und die Lady wollen sich zusammenraufen, verstehst du? Oder sie denken, dass sie es tun werden. Sein Name ist Dennis. Er will mit uns nach Westen gehen.«

Plötzlich öffneten sich die verschlafenen Augen von Dumont. Sie wurden ganz dunkel und blitzten. Seine weißen Zähne zeigten sich unter seinem winzigen Schnurrbart in einem Lächeln.

»Oh, ich sehe! In dieser Richtung liegt das Land! Nun, soll er doch kommen. Soll sich doch unser so wunderbarer Skipper um ihn kümmern!«

Ericksen schüttelte den Kopf. »Nein. Der Skipper sagt: 'Bootsmann, bring mir keine Seepocken mit! Bring die junge Dame mit – und keine Seepocken.' Der Skipper wusste, worum es ging. Erschlag mich, wenn er das nicht getan hat. Also bleibt Mr Dennis hier.«

Dumont betrachtete seinen Begleiter mit bewundernder Miene.

»Ah, du hast ja was im Kopf, mein Freund! Du hast vielleicht nicht das Aussehen, aber was drinnen im Kopf – «

»Was soll mit meinem Aussehen los sein, Frenchy? [Franzmann]«, fragte Ericksen plötzlich und betrachtete den kleineren Mann mit ruhigem Blick.

»Na, los! Komm nach achtern und spucke es aus. Was ist damit los?«

»Nichts Besonderes, nur die allgemeine Erscheinung.«

Dumont legte den Kopf auf eine Seite und tat so, als würde er ihn begutachten. Dann brach er in Gelächter aus.

»*Drôle!* [komisch].«

»Du kannst es dir nicht leisten, mit mir zu streiten, was? Nein. Du weißt es besser. Hm? Ich habe mir immer gewünscht, mein Freund, meinen Finger in dein linkes Auge zu stecken; es sieht so teuflisch aus! Ich habe mich immer gefragt, wie es in der Augenhöhle aussehen würde – ob da nicht vielleicht ein kleiner Teufel hockt.«

Ericksen veränderte plötzlich seine Miene und lehnte sich in seinem Sitz zurück. Hinter den scherzhaften Worten Dumonts verbarg sich ein grotesker Verdacht, ja vielleicht sogar etwas Ernsthaftes!

Der adrette kleine Mann wirkte furchterregend, abnormal. Man spürte, dass er mit ruhigem Vergnügen davon sprach, einem Mann ein Auge auszustechen, als ob – als ob er es schon einmal getan hätte.

»Du hast recht, mein Bester«, sagte Ericksen und befeuchtete seine Lippen. »Recht so! Kein Ärger in der Achterkajüte, und dann wird es auch keinen in der vorderen geben.«

»Wovon sprachen wir gerade? Ach, ja! Dennis. Du nimmst heute das Zimmer, erledigst morgen früh dein Geschäft, und kommst dann hierher zurück.«

»Dennis wird sich morgen Nachmittag mit mir und der Lady zum Essen treffen, verstehst du?«

»Besorg mir eine Kopie seiner Unterschrift, oder besser, schau sie dir ab und schreib sie hier drauf.«

Ericksen nahm ein Papier mit ein paar geschriebenen Zeilen vom Tisch, an denen er gearbeitet hatte, als Dumont hereinkam, und reichte es seinem Freund. Dieser betrachtete das Geschriebene und kicherte leise.

»Oh! Für die Lady, wie? Was für einen schlauen Kopf du doch hast! Es ist an dir verschwendet, mein Freund. Er hätte zu einer solchen Intelligenz wie der meinen gepasst.«

»Lass diese persönlichen Bemerkungen, Frenchy«, schnauzte Ericksen plötzlich.

»Aye, Kumpel«, erwiderte der andere spöttisch. »Und? Was jetzt?«

»Du rufst mich gleich nach dem Essen hier an. Dann kann ich dir das Nachmittagsprogramm von Dennis geben. Du musst ihn davon abhalten, morgen Abend den Zug zu nehmen – und zwar mit aller Macht! Vergiss auch nicht, ihm sein ganzes Geld abzunehmen – nimm ihn bis auf die Knochen aus.«

Dumont zuckte mit den Schultern.

»Was schlägst du vor? Hier in Chicago gibt es Polizei, und ich mag sie nicht. Es ist ja nicht so, als wären wir an Bord der Pelican, mein Freund.«

»Ach, bring ihn nicht um«, schnauzte Ericksen ungeduldig. »Nur einen kräftigen Schlag, der ihn ein paar Tage auf dem Rücken liegen lässt. Und mache es erst in letzter Minute. 'Geh kein Risiko ein, Bootsmann', sagt der Skipper, 'und wenn strammer Wind in Sicht ist, dann hol dein Obersegel runter.' Also mach es in letzter Minute, und dann nimm den Zug. Ein Taxi soll warten.«

»In Ordnung.« Dumont richtete sich auf. »Wollen wir ins Kino gehen, ja?«

Ericksen stimmte mit einem Grunzen zu.

Pünktlich um ein Uhr am Montag wartete Bootsmann Joe in der Lobby des Royton-Restaurants, als Tom Dennis und Florence aus dem Aufzug stiegen. Mit einem fröhlichen Grinsen auf den sommersprossigen Zügen kam Ericksen auf die beiden zu.

»Einen schönen Tag wünsche ich Ihnen. 'Zwei Glockenschläge [13:00 Uhr]', sagten Sie und zwei Glockenschläge sind es – alles in Butter! Sie sehen gut und gesund aus, Ma'am!«

»Danke, Mr Ericksen«, sagte sie und errötete unter seinen hellblauen, raubtierhaften Augen, als sie ihm die Hand gab. »Ich war heute Morgen einkaufen, und das macht eine Frau immer glücklich, wissen Sie!«

Sie betraten den Frühstücksraum, wo der Kellner, der an Ericksens Trinkgeld dachte, sie zu einem Tisch an einem der vorderen Fenster mit Blick auf das Kunstinstitut und die glitzernde blaue Seefront führte.

»Erinnert Sie das an das Meer?« Tom Dennis deutete auf den blauen Horizont und lächelte den Seemann an.

»In gewisser Weise, ja. Es sieht aus wie das Meer im Süden, unterhalb des Äquators.«

»Sie waren in der Südsee?«, warf das Mädchen schnell ein. Ericksen begegnete ihrem Blick und schien ein wenig verlegen zu sein.

»Ja, ein oder zwei Mal. Ich war mit Kapitän Pontifex auf Walfang, wissen Sie, wir Walfänger arbeiten alle vor Niederkalifornien und bei den Inseln, bevor wir nach Norden fahren – das heißt, das taten wir früher. Die Dinge haben sich verändert. 'Man weiß nie', sagt der Skipper, 'was heutzutage für ein Wind aufkommt.' Und der Skipper hat recht.«

»Sie scheinen ihren Skipper zu mögen«, sagte Florence und lachte. »Ist er ein netter Mann?«

Ericksens heruntergezogene linke Lippe zuckte, als wolle er eine Grimasse unterdrücken.

»Nett ist, was nett ist, oder? Ich denke, er ist ganz in Ordnung, Miss Hathaway.«

»Oh, so dürfen Sie mich nicht mehr nennen«, sagte das Mädchen ruhig und streckte ihre Hand aus. »Sehen Sie sich das Geschenk an, das ich vor einer Stunde bekommen habe!«

Ericksens räuberische Augen blieben auf dem goldenen Ring haften. Sein Gesicht errötete. Tom Dennis beobachtete aufmerksam, wie sich die Lippen des Mannes öffneten und einen leisen, unausgesprochenen Fluch formten. In den hellblauen Augen las er eine Botschaft von verblüfftem Unglauben, von leidenschaftlichem Zorn.

»Sie – sie haben geheiratet!«

Ericksens Stimme was heiser als er sprach, und er sah Florence an. Sein Gesicht veränderte sich plötzlich. Er sprang auf seine Füße und streckte Dennis über den Tisch hinweg eine schwielige Hand entgegen.

»Da trifft mich doch der Schlag«, rief er aus. »Das haut mich jetzt um! Nun, Sir, das ist eine Überraschung! Vor nur einer Stunde, sagen Sie? Herzlichen Glückwunsch, und mögen Sie immer einen guten Kurs und etwas zu kauen zwischen den Zähnen haben; ja, und eine gute Ladung unter den Luken!«

»Der Schlag soll mich treffen, wenn ich an so etwas gedacht hätte! Wir trinken eine Flasche 'Sprudelwein', ja? Ein Toast auf alle – ein richtiges Hochzeitsessen! Und wenn ich mir vorstelle, dass ich hier sitze, ohne ein Geschenk, nur mit den guten Wünschen eines ehrlichen Seemanns – das macht mich ganz fertig!«

»Oh, und wir haben beschlossen, unsere Reise in den Westen zu unseren Flitterwochen zu machen«, sagte Tom Dennis mit einem Lächeln, das er Florence zuwarf. »Die Gelegenheit war zu günstig, um sie zu verpassen, Bootsmann.«

»Dann – dann fahrt Ihr also, ja? Heute Abend?«

»Ja, Mr Ericksen.« Florence nickte. »Und glauben Sie mir, Ihre guten Wünsche sind mir lieber als alle Geschenke der Welt! Gute Wünsche bedeuten viel mehr, nicht wahr?«

»Manchmal, Miss Ha ... ich meine Mrs Dennis – manchmal«, stimmte Ericksen feierlich zu. »Und wenn ich daran denke, dass Sie mich so überrumpelt haben – das hat mich ganz schön überrascht!«

Der 'Sprudelwein' kam und wurde mit vielen Trinksprüchen getrunken.

Während des Mittagessens stellte sich heraus, dass Florence den Nachmittag mit Packen für die Reise verbringen und in der Schule zu Abend essen würde, um Zeit zu sparen. Tom Dennis, der sich darum bemühte, von seinen früheren Zeitungsredakteuren Aufträge für einige Sonderartikel über den Westen zu erhalten, wollte sie rechtzeitig abholen, um den Zug in der Nacht zu erreichen.

Ericksen bestand darauf, das Mittagessen mit einer zweiten Flasche 'Sprudelwein' zu verlängern, um den Anlass zu würdigen. Danach brachen alle drei auf und trennten sich am Eingang zur 'L' [Name für die Hochbahn in Chicago – 'el'-evated] in der Adams Street, wo sich das frisch vermählte Paar von Bootsmann Joe verabschiedete.

Kaum waren sie die Treppe hinauf verschwunden, machte sich Bootsmann Joe auf den Weg zu seinem Hotel. An der Rezeption gab es keine Nachricht für ihn, aber als er sein Zimmer betrat, fand er Dumont, der ihn erwartete.

»Du – hier! Was gibts, Frenchy?«

Lächelnd reichte Dumont ihm einen Zettel, den Ericksen nahm und und schneller Zustimmung prüfte.

»Das war ganz leicht, mein Freund«, sagte Dumont und gähnte schläfrig. »Also bin ich selbst hergekommen. Du scheinst irritiert zu sein, was? Was ist denn los?«

Ericksen stieß einen kräftigen Fluch aus.

»Genug ist los! Dieser Scheuerlappen war hier gewesen und hat sie heute Morgen geheiratet!«

Dumonts Augenbrauen hoben sich. Er stieß einen langen Pfiff aus.

»Sie sind verheiratet! Na, Käpt'n Pontifex wird das nicht gefallen, was?«

»Verflucht!«, knurrte Ericksen. »Verstehst du nicht, was das bedeutet?«

»Mehr oder weniger« spuckte Dumont die Worte giftig aus. »Es bedeutet, dass der Skipper mir das Mädchen versprochen hat, ja? Und dass er jetzt versuchen wird – «

»Du verdammter Narr!«, brüllte Ericksen und schlug mit seiner großen Faust auf den Tisch.

»Bedeutet das nicht, dass uns allen ein böiger Wind ins Gesicht wehen wird? Heißt das nicht, dass wir uns jetzt nicht mehr nur mit ihr herumschlagen müssen, sondern auch mit ihm? Bedeutet es nicht, dass er nun auch ein Recht auf einen Anteil an Hathaways Hinterlassenschaft hat? Und wenn wir ihn nicht versenken, wird er uns versenken.«

Dumont streichelte seinen Schnurrbart, seine dunklen Augen waren schmal und wachsam.

»*Mille tonnerre!*« [Tausend Donner!], rief er langsam aus. »Du hast recht. Er ist jetzt der Schwiegersohn des alten Mannes, nicht wahr? Ach, du hast ja den Kopf, mein Freund! Du siehst die Dinge, ja! Und ihre Unterschrift wäre nicht mehr gut genug, was?«

Ericksen stopfte Tabak in seine Pfeife und schwieg einen Moment, bis es qualmte.

»Also«, sagte er kurz, »der Zug fährt heute Nacht beim einen Glockenschlag?« [20:30 Uhr – der erste Halbstundenschlag nach dem achten Glocken-schlag im 8-Stunden-Rythmus]

»Ja, acht Uhr dreissig am Abend, stimmte Dumont mit einem Nicken zu.

»Er wird sie beim achten Glockenschlag [20 Uhr] abholen, nicht wahr? Wahrscheinlich wird er beim sechsten Glockenschlag in seinem Zimmer sein und seinen Seesack packen. Du musst ihn versenken, Frenchy – ganz richtig. Öffne die Flutventile und bleib beim Schiff, bis es weg ist. Keinen Fehler!«

»Und die Madame?«, fragte Dumont. »Wer wird nach ihr rufen?«

»Das werde ich. Und dieser Zettel hier, den du geschrieben hast – «

»Oh, jetzt verstehe ich!« Dumont gluckste leise. »Du hast den Kopf, mein Freund! Gut! Ich muss diesen Kerl aus dem Weg räumen, was? Nun, es ist für uns alle von Vorteil. Übrigens habe ich mir ein ganzes Abteil genommen, damit ich den Koffer besser im Auge behalten kann. Der Skipper sagte, ich solle vorsichtig sein. Ich musste dafür noch eine zusätzliche Fahrkarte kaufen.«

Ericksen winkte nur achtlos mit der Hand. »Wenn du den Scheuerlappen versenkst, Frenchy, wird das Geld keine Rolle spielen. Du wirst also den Koffer tragen, ja? Schick ihn besser vor dir zum Zug. 'Verheddere dich nicht in den Seilen', sagt der Skipper. Pass auf, was du sagst! Ich schlafe mit dir im Abteil, ja? In Ordnung.«

»In Ordnung«, stimmte der andere zu. »Ich schicke den Koffer zum Zug. Sieh mal, mein Freund! Ist es nicht komisch, wie man diese verrückte Sache nennen könnte? Um unser kleines Unternehmen legal zu machen, müssen wir erst einen Mann kielholen! Ist das nicht komisch!«

Bootsmann Joe streckte den Kopf vor, und seine arroganten hellblauen Augen wirkten so furchtbar bedrohlich, dass Dumont ein wenig zusammenzuckte.

51

»Hör auf zu lachen – es ist noch nicht an der Zeit, Frenchy! Pass auf deinen Kurs auf, verstehst du? Wenn du ein paar Strich abweichst, gibts ein Chaos, verstehst du? Pass auf deinen Kurs auf!«

»Wir beide haben ein großen Interesse an dieser Sache. Wenn es gut läuft, haben wir Geld. Wenn du die Bugspitze wegdriften lässt, gibts Ärger, verstehst du?«

Dumont breitete seine Hände auf 'gallische' [typisch französische] Weise aus.

Mein Freund«, sagte er leise, »es gibt keinen Grund für Drohungen. Ich – ich weiß, was zu tun ist. Ich – ich werde es tun, also!

Aber merke dir eines, fuhr er fort: Im Zug sollst du mich der Dame vorstellen, damit ich sie für den Abwesenden tröste. Nicht wahr?«

»Einverstanden!« Ericksen machte eine ungeduldige Geste. »Du bist ein 'Dago' [Schimpfname für alle 'Lateiner'] und kannst gar nicht anders, als deinen Kurs auf die Frauen zu richten, nehme ich an. Aber pass lieber auf, Frenchy. Die hier ist verheiratet.«

Dumont lächelte. »Darum werde ich mich kümmern – heute Abend.«

IV. Der quadratische Koffer

Tom Dennis hatte in der Zwischenzeit einige interessante Entdeckungen gemacht.

Im Laufe des Nachmittags schaute er in seinem alten Zeitungsbüro vorbei, um die Jungs zu sehen und um zu versuchen, einige Sonderaufträge an der Pazifikküste zu bekommen.

Letzteres gelang ihm besser, als er zu hoffen gewagt hatte, denn der Redakteur sprach sich sofort für eine Reihe von Artikeln über die kanadischen Trainingslager in der Nähe von Vancouver aus und wollte sie sogar in der Presselandschaft syndizieren.

Deshalb war Dennis natürlich voller Hoffnung, als er in das Redaktionszimmer zurückkehrte. Die meisten seiner alten Freunde waren immer noch dort beschäftigt, zusätzlich zu einigen neuen Männern. Er sagte nichts über seine Heirat oder über sein Scheitern in Marshville, sondern erklärte, dass er wegen unerwarteter Geschäfte an die Pazifikküste gerufen worden war, und ließ es dabei bewenden. Dann trat Margate ein und erhob mit einem Aufruf seine Hand.

Margate war der 'große Mann', der über politische Kongresse und Themen von landesweitem Interesse berichtete. Es schien, als sei Margate selbst gerade von der Küste zurückgekehrt, wo er mit den Filmstars einige große Dinge gemacht hatte.

Dennis zog sich mit ihm in eine Ecke zurück und erkundigte sich im Laufe ihres Gesprächs beiläufig:

»Ich nehme an, Sie haben noch nie von einem Kapitän namens Pontifex gehört, oder? Das ist ein seltsamer Spitzname – «

Margate grinste. »Schon mal von ihm gehört? Ich würde sagen, ja! Er ist der einzige Kerl, von dem ich je gehört habe, der es den Filmleuten richtig gegeben hat. Nun, sie schimpfen richtig darüber.«

»Wie kommt das?«, fragte Dennis in ungekünstelter Überraschung.

»Es scheint, dass dieser Pontifex eine alte Walfangbrigg [Brigg, zweimastiges Schiff] besaß. Sie lag in San Pedro, in ziemlich schlechtem Zustand, und die Leute von Greatorex wollten sie für ein paar Szenen nutzen. Also vermietete Pontifex sie an die Filmleute – clever?«

»Vor etwa sechs Monaten waren sie mit ihr fertig – und dann entdeckten sie etwas, denn in seinem Mietvertrag hatte Pontifex ein paar Fußangeln eingebaut.«

»Sie mussten die alte Schlampe von oben bis unten überholen und seetauglich machen. Ich weiß nicht mehr, wie viele Tausend sie das gekostet hat.«

»Ich erinnere mich auch daran, dass sie zu ihm nach Vancouver gebracht wurde, kurz bevor ich in den Osten kam.«

»Jeder hat über Greatorex-Leute gelacht und über die Art und Weise, wie ein Walfangskipper sie überlistet hatte. Und glauben Sie es, die Arbeit wurde richtig gemacht! Heutzutage muss man schon ein Genie sein, um so einen 'Stunt' hinzukriegen.«

»Dann kennen Sie Pontifex nicht persönlich?«

»Gott, nein! Worauf wollen Sie eigentlich hinaus? Ist er ein Pirat?«

Dennis lachte. »Ich hoffe nicht. Ich habe allerdings einige Dinge über ihn gehört, die sich gut für eine Reportage eignen, wenn sie wahr sind.«

»Ich werde ihn in Vancouver aufsuchen«, fuhr Dennis fort. »Wie lautet der Name seines Schiffes?«

»Die Pelican.«

»Wenn Sie mal dort sind, besuchen Sie meinen Bruder; er schreibt für die Vancouver Mail über die Schifffahrt. Er wird Ihnen gerne die Ehre erweisen, und Sie könnten ein paar gute Informationen von ihm bekommen.«

Als er das Büro verließ, suchte Dennis das Eisenbahnbüro auf und kaufte für sich und Florence Fahrkarten nach Vancouver, wobei er sich ein Abteil besorgte. Das Geld, das Ericksen ihm gegeben hatte, reichte zusammen mit dem, was er selbst übrig hatte, völlig aus.

Dann traf er Margate und ein paar andere Männer aus dem Büro und ging mit ihnen zum Abendessen. Um sieben Uhr war er auf dem Weg nach Hause, um zu packen.

Es war kein besonders romantischer Hochzeitstag gewesen, dachte er, weder für ihn noch für Florence, aber sie würden eine viertägige Reise haben, um das wieder gutzumachen.

Die Aufträge für die Arbeit in Vancouver waren eine enorme Hilfe für Dennis, da sie ihn davor bewahrten, das Gefühl zu haben, dass er mangels Arbeit faulenzen würde.

Auch das Geld würde ihm helfen. Und er rechnete nicht mit besonderen Schwierigkeiten, Arbeit zu finden. Er war einer der bekanntesten Männer in seinem Beruf, und man würde einen Platz für ihn finden; er war kein 'Zeitungsvagabund'. Er gehörte nicht zu den einfallslosen Tausendsassas, welche die Küste als Zufluchtsort suchen, und angesichts seiner unerwarteten Heirat und des unerschütterlichen Vertrauens von Florence hatte er sich bereits über die Niedergeschlagenheit erhoben, die durch seine gescheiterte Unternehmung in Marshville entstanden war.

Von Florence hatte er keine Informationen erhalten, die etwas Licht auf die Person von Ericksen oder Kapitän Pontifex hätten werfen können. Sie hatte keine Ahnung, was sie von ihr oder ihrem gelähmten Vater wissen wollten.

Das letzte Schiff von Kapitän Hathaway, ein Frachter namens John Simpson, war auf dem Weg von San Francisco nach Wladiwostok verloren gegangen. Es war mit allen Mann irgendwo vor den Aleuten gesunken. Es war unwahrscheinlich, dass dessen Schicksal jemals aufgeklärt werden würde, da Kapitän Hathaway seit seiner Rettung völlig außerstande war, etwas dazu zu sagen.

Als Tom Dennis seine wenigen Habseligkeiten zusammenpackte, die er an diesem Tag gekauft hatte, segnete er das Mädchen, das ihn an diesem Morgen geheiratet hatte, und er schwor sich leidenschaftlich, dass es nicht zum Schlechten, sondern zum Guten sein würde.

Es war ihm nicht leicht gefallen, ihrem Antrag zuzustimmen; es war ihm nicht leicht gefallen, ihre Gründe dafür zu verstehen; aber jetzt erkannte er die reine Wahrheit, die sie von Anfang an gesehen hatte. Es bestand nicht die geringste Gefahr, dass er nicht in der Lage sein würde, für das Lebensnotwendige zu sorgen. Zwar hatte ihn ein Herzleiden, von dem er zuvor nichts gewusst hatte, daran gehindert, eine Uniform zu tragen, aber diese Krankheit war eine entfernte Gefahr.

Sein Können lag in seinem Kopf, und er zweifelte nicht an seiner Fähigkeit, einen angemessenen Lebensunterhalt zu verdienen. Der gelähmte Kapitän Hathaway würde in mancher Hinsicht eine Last sein, die Tom Dennis jedoch freudig auf sich nahm.

'Mit dem Glauben an die Zukunft und aneinander wären wir dumm gewesen, nicht zu heiraten', vertraute er im Selbstgespräch seinem Koffer an. 'Wir werden es schaffen, und wir werden zehnmal besser kämpfen, weil wir einander haben! Ich bin fast froh, dass der gute alte *Clarion* untergegangen ist – '

Er hörte nicht, wie sich seine Tür öffnete, und er hörte auch nicht, wie sich eine flinke, katzenartige Gestalt dem Eingang näherte. Er spürte jedoch den Luftzug der offenen Tür. Er drehte sich halb um, doch er bewegte sich nur, um einen krachenden Schlag auf den Kopf zu spüren.

Dumont stand über der niedergeschlagenen Gestalt, kicherte leise und verstaute den Totschläger, mit dem er ihm den Schlag versetzt hatte. Dennis lag regungslos da, die Arme ausgestreckt, sein Gesicht auf dem Teppich, und die Augen waren geschlossen. Sein Angreifer musterte ihn einen Moment lang, dann ging er zum Fenster und zog die Jalousie herunter.

Eine einzige Glühbirne erhellte jetzt den Raum. Dumont kehrte zu seinem Opfer zurück. Aus seiner Tasche holte er ein gefaltetes und mit Baumwolle gefülltes Taschentuch hervor. Aus einer anderen Tasche nahm er ein dünnes, flaches Fläschchen mit Chloroform, das er kräftig über das Taschentuch goss, und die Dämpfe verpesteten die Luft. Dann kniete er sich hin, legte eine Hand halb unter Dennis und fühlte sein Herz.

»Gut!«, murmelte er mit einem Anflug von Stolz. Er sprach auf Französisch, mit tiefer Stimme. »Das war eine gute Arbeit. Die Beule an seinem Kopf wird nicht bemerkt werden. Sie werden es für Selbstmord halten.«

Und dann zuckten plötzlich wildes Erstaunen und Bestürzung über seine Züge. Seine linke Hand, die sich unter Dennis befand, wurde plötzlich von eisernen Fingern ergriffen und verdreht. Dumont, dem ein erschrockener Fluch über die Lippen kam, wurde nach vorne aus dem Gleichgewicht gerissen und fiel kopfüber auf sein Opfer.

Beide Körper drehten sich wie von Sinnen herum. Die große Gestalt von Tom Dennis breitete sich schwergewichtig über dem Möchtegern-Attentäter aus. Dumont war völlig überrumpelt worden.

Dennis ergriff das Taschentuch und drückte es seinem Gegner ins Gesicht. Der Franzose kämpfte. Er schlug mit den Fäusten, kratzte mit den Nägeln, benutzte die Knie und biss auf die Hand, die ihm den getränkten Stoff über Mund und Nase hielt.

»Es hat keinen Zweck, mein Freund«, sagte Dennis in einem halb vergessenen Französisch. »Du hast nicht fest genug zugeschlagen.«

Die krampfhaften Bewegungen von Dumont, der durch das schiere Gewicht hilflos geworden war, reduzierten sich auf ruckartige Bewegungen.

Tom Dennis nahm das durchtränkte Taschentuch weg und drehte die schlaffe Gestalt auf ihr Gesicht. Er schüttelte das Taschentuch aus und knotete das nasse Leinen um die Handgelenke von Dumont. Dann griff er kraftlos nach einem Stuhl und richtete sich auf.

Dennis fühlte sich todkrank. Der Schlag oberhalb des Ohrs war sehr hinterlistig gewesen, und in dem geschlossenen Raum stanken die Dämpfe des Betäubungsmittels aus der Flasche, deren gesamter Inhalt auf dem Boden verschüttet wurde.

Benommen und schwankend tastete er sich zum Fenster und riss es auf. Er stand dort, den Kopf auf dem Fensterbrett, und sog die frische Luft ein.

»Das war knapp!«, murmelte er. »Eine wirklich knappe Angelegenheit!«

Wie lange er dort stand, wusste er nicht, aber langsam verließen ihn Übelkeit und Brechreiz. Vorsichtig betastete er seinen Kopf und stellte fest, dass die Haut unversehrt war, aber eine Beule hatte sich bereits gebildet. Seine Sinne waren noch immer benebelt, als er sich endlich aufrichtete.

Der Franzose war bewusstlos, befand sich aber wahrscheinlich nicht in Lebensgefahr. Als Dennis den Mann untersuchte, erinnerte er sich, dass er ihn am selben Abend beim Betreten des Nebenzimmers gesehen hatte.

Aber was könnte das Motiv für diesen überraschenden Überfall eines völlig Fremden sein, eines Mitbewohners, mit dem er nie ein Wort gewechselt hatte?

Ein Raubüberfall war unwahrscheinlich, denn Dumont war gut gekleidet.

Die schroffen Züge von Tom Dennis wurden hart und unnachgiebig, als er an sich herunterblickte und sich an die Worte des Mannes erinnerte: Das Chloroform sollte ihn nicht nur betäuben, es sollte ihn töten! Aber warum?

Er bückte sich und durchsuchte rasch den Inhalt von Dumonts Taschen. Er fand eine Automatik-Pistole, den Totschläger, mit dem er geschlagen worden war, und ein dünnes, scharfes Messer. Weiterhin entdeckte er ein Bündel gelber Geldscheine, die er mit einem Lachen in seine eigene Tasche steckte.

Er fand keine Briefe und auch sonst nichts – außer einem Umschlag, wie man ihn an Bahnschaltern erhält.

In diesem Umschlag befanden sich zwei Fahrkarten – die eine war für die Herfahrt von Vancouver nach Chicago, die andere eine einfache Fahrkarte von Chicago zurück nach Vancouver. Dazu gehörte noch eine Salonwagenkarte für ein eigenes Abteil. Das Datum war für diesen Tag und für denselben Zug, mit dem Dennis selbst abreisen wollte!

In diesem Umschlag fand er auch zwei kleine Messingschlüssel.

Tom Dennis ließ sich in einen Sessel fallen und betrachtete stirnrunzelnd diese Hinweise.

Könnte der Mann in irgendeiner Weise mit Ericksen in Verbindung stehen – da er aus Vancouver kam und im Begriff war, dorthin zurückzukehren? Vielleicht.

Dennis war Ericksen gegenüber misstrauisch; das war von Anfang an der Fall. Aber es gab keine offensichtliche Verbindung; es gab keinen direkten Zusammenhang. Trotzdem – hatte Ericksen hinter dem Überfall gesteckt?

Offensichtlich hatte dieser Attentäter besondere Fahrkarten, damit er ein Abteil allein belegen konnte. Aber warum? Zu welchem Zweck?

Bei diesem Gedanken ging Dennis zu seiner Tür, betrat den Flur und ging direkt zur nächsten Tür – der zu Dumonts Zimmer.

Er fand den Raum vollkommen leer vor. Auf dem Bett lag eine kleine Reisetasche, aber sie enthielt nichts außer Wäsche und Reiseutensilien.

»Ich kann es mir nicht erklären«, murmelte Dennis und kehrte in sein Zimmer zurück. »Dieser Kerl wollte mich töten, das steht fest. Ich werde sein Geld als gute Beute behalten.

Und was seine Fahrkarten betrifft – hm! Die behalte ich besser auch und benutze gelegentlich das Abteil. Vielleicht gibt es dort etwas, das mir einen Hinweis gibt. Ich werde es so machen.«

Er schaute auf seine Uhr und wurde sich plötzlich bewusst, dass die Zeit verstrichen war. Zu seinem Entsetzen stellte er fest, dass es acht Uhr war – und der Zug fuhr um halb neun ab!

Mit einem hastigen Ausruf holte er seinen Koffer, stopfte ihn zu, warf einen letzten Blick auf den daliegenden Attentäter, löschte das Licht und lief die Treppe hinunter zum Haustelefon. Jetzt war es zu spät, um zu Florence zu gehen; sie musste sich ein eigenes Taxi zum Bahnhof nehmen!

Sein erster Gedanke war nun, für sich selbst ein Taxi zu bestellen. Dann rief er die Schule an, in der Florence unterrichtet hatte. Es dauerte fünf Minuten – verzweifelte fünf Minuten – bis eine kühle Frauenstimme ihm mitteilte, dass Miss Hathaway schon vor einiger Zeit abgereist sei; ein Herr habe sie abgeholt.

Dennis fragte nach einer Beschreibung des Mannes, und die entsprach Ericksen.

Als das Taxi auftauchte, stürzte sich Dennis hinein und drückte dem Fahrer einen Geldschein in die Hand, mit der Anweisung, ohne Rücksicht auf die Verkehrspolizisten zum Bahnhof zu fahren.

Er sah jetzt ganz klar, dass Ericksen diesen Mordversuch geplant hatte; es gab keinen Beweis dafür, aber er brauchte auch keinen. Was war der Grund dafür? Diese Frage machte Dennis wütend. Wurde Florence entführt? So etwas schien unmöglich und unglaublich, außerhalb eines Filmszenarios.

Als Dennis den Bahnhof erreichte, hatte er noch etwa drei Minuten Zeit. Er ging in aller Eile durch das Tor, zeigte geschwind seine Fahrkarten vor und schwang sich in den nächstgelegenen offenen Verbindungsgang des Zuges, gerade als die Gepäckträger ihre Karren wegzogen.

Er stellte fest, dass der Abteilwagen vor ihm war. Da er seine eigene Fahrkarte und die von Florence hatte, würde sie sicher nicht in ihrem Abteil sitzen, sondern wahrscheinlich in einem der Salonwagen. Also ging er durch den Zug und untersuchte jeden Sitzplatz, zu dem er kam.

Zwei Wagen weiter stieß er plötzlich auf Florence, die allein war. Mit einem Freudenschrei sprang sie auf, und Dennis sah, dass sie geweint hatte.

»Oh – ich wusste doch, dass du es schaffen würdest, Tom!«, brach sie aus, und ihre Hände griffen nach seinen.

Dennis beugte sich vor und berührte ihre Lippen mit den seinen.

»Ist ja gut, altes Mädchen«, sagte er, ohne sich um eine Erklärung ihrer Worte zu bemühen. »Wo ist Ericksen?«

»Er hat gesagt, dass er nach vorne geht, um unsere Tickets zu besorgen.«

Dennis winkte dem Schaffner, der sich näherte. Er nannte dem Farbigen die Nummer seines Abteils und ließ die Taschen von Florence dorthin bringen; dann wandte er sich an seine Frau.

»Nun, Mrs Dennis«, sagte er kichernd, als sie bei dem Namen errötete, »gehe bitte in das Abteil und warte, bis ich komme, ja? Ich habe etwas mit Mr Ericksen zu besprechen – und das kann keine Minute warten!«

»Ist etwas nicht in Ordnung? Deine Nachricht – darauf stand, dass du vielleicht den Zug – «

Dennis nahm ihr einen gefalteten Zettel aus der Hand und warf einen Blick darauf. Dann steckte er ihn in seine Tasche und klopfte ihr auf die Schulter.

»Ich bin gleich da, Liebes. Nein, alles in Ordnung! Ich habe auch gute Nachrichten für dich – ich habe ein paar Aufträge im Westen. Ich treffe dich in ein paar Minuten.«

Tom Dennis ließ seine Tasche und eine Münze beim Gepäckträger und eilte nach vorne.

Als er den Abteilwagen erreichte, sah er in Dumonts Fahrkarten nach und stellte fest, dass dieser das Abteil sechs belegt hatte. Dennis ging direkt zu diesem Abteil und klopfte. Die Stimme von Ericksen forderte ihn auf, einzutreten. Er stieß die Tür auf und betrat den kleinen Raum.

»Nun!« Dennis schloss die Tür hinter sich und stand lächelnd da. »Sie erwarten ihren Freund, was? Er wird nicht kommen, Bootsmann Joe.«

Es gab keinen Zweifel, Ericksen war schwer getroffen. Er starrte Dennis mit offenem Mund und weit aufgerissenen hellblauen Augen an.

»Mich soll der Schlag treffen, wenn das nicht Sie sind!«

»Sie haben Glück, ich bin es wirklich. Was machen Sie in diesem Abteil?«

»Wer – ich? Ich suche den Schaffner dieses Zuges und komme hierher, um eine Zigarette zu rauchen, abseits und in Ruhe! Und wo kommen Sie her, Kumpel? Ich dachte, Sie kommen nicht mit auf diese Reise.«

»Wie kommen Sie denn darauf?«, fragte Dennis.

»Nun, jetzt trifft mich doch der Schlag!«, erklärte Ericksen energisch. »Hat mir dieser Scheuerlappen nicht ihren Zettel gegeben, dass Sie nicht mitkommen?«

Tom Dennis war fassungslos über diese Verteidigung.

»Von welchem Zettel reden Sie denn? Den, den Sie Mrs Dennis gegeben haben?«

»Ja, den und auch den anderen! Er hat sie mir gegeben und gesagt, Sie würden nicht auftauchen. Auf dem Zettel stand dasselbe, und ich sollte Mrs Dennis aufsuchen, sehen Sie? Das habe ich getan – und das hier ist der Dank dafür!«

»Was für ein Mann hat ihnen die Zettel gegeben?«

Ericksen schwitzte heftig. Auf diese Frage hin verdrehte er die Augen und biss nachdenklich auf seinen Pfeifenstiel.

»Nun«, antwortete er schließlich, »er war eine Art Schlitzohr, mit einem kleinen Dingsbums von Schnurrbart, und er sah aus wie ein 'Dago'.«

Das entsprach der Beschreibung des Attentäters, und Dennis zögerte unter dem Eindruck eines plötzlichen Gedankens.

Was wäre, wenn dieser Franzose gar kein Komplize von Ericksen ist, sondern ein Feind, der mit seinen Taten einen Hintergedanken verfolgte?

Für diese Theorie sprach ebenso viel wie für die andere.

»Sehen Sie her, Ericksen!«, und Dennis begegnete dem hellblauen Blick mit einem stirnrunzelnden, prüfenden Blick.

»Wenn Ihre Geschichte stimmt, hat derselbe Mann, der Ihnen die gefälschte Nachricht gegeben hat – denn es war eine Fälschung – vor etwa einer Stunde versucht, mich zu ermorden. Er hatte eine Fahrkarte für dieses Abteil und eine Rückfahrkarte von hier nach Vancouver in seiner Tasche. Kennen Sie ihn?«

»Ob ich ihn kenne? Bestimmt nicht!«, versicherte Bootsmann Joe tugendhaft. »Haben Sie ihn der Polizei übergeben?«

Dennis lachte grimmig. »Schlimmer als das.«

»Nun, kennen Sie jemanden, der ihnen von Vancouver hierher gefolgt sein könnte? Haben Sie irgendwelche Feinde?«

Ericksen stieß einen plötzlichen Ausruf aus. »Hol mich der Teufel! Da haben Sie den Nagel genau auf den Kopf getroffen! Jemand hat das Spiel des Skippers gerochen, das ist es!«

»Und was ist das für ein Spiel?«, schnauzte Dennis.

Daraufhin schüttelte der Matrose den Kopf.

»Das kann ich nicht sagen. 'Pass auf dein Maul auf, Bootsmann', hat der Skipper gesagt.«

»Es hat etwas mit Miss Hathaway – ich meine Mrs Dennis – und ihrem Vater zu tun, aber mehr darf ich nicht sagen.«

»Aber es ist Geld im Spiel, und irgendjemand hat es gerochen – wenn nicht, dann soll mich der Schlag treffen!«

»Warum hat der Kerl dann mich angegriffen und nicht Sie?«

Wieder schüttelte Ericksen den Kopf. »Das kann ich Ihnen nicht sagen! Haben Sie den Kerl nicht zum Reden gebracht?«

»Er war nicht in der Lage zu reden, als ich mit ihm fertig war«, erwiderte Dennis, und der Seemann seufzte – vielleicht vor Erleichterung.

Als Dennis sich umsah, entdeckte er nur ein einziges Gepäckstück in dem Abteil – einen kleinen quadratischen Koffer, der offensichtlich neu und sehr gut verarbeitet war. Es fehlte jegliches Erkennungsmerkmal. Zweifellos gehörte er dem Attentäter.

»War der schon hier, als Sie auf eine Zigarette hereinkamen?«, fragte Dennis und zeigte auf den Koffer.

Ericksen betrachtete den viereckigen Koffer mit Erstaunen. »Es muss wohl so gewesen sein!«

Tom Dennis holte die beiden kleinen Schlüssel aus seiner Tasche hervor, die der Attentäter bei sich getragen hatte. Er steckte einen davon in das Schloss des viereckigen Koffers; es funktionierte.

In der Zwischenzeit beobachtete Ericksen ihn mit kaum zu versteckender Angst.

Als er den Deckel des viereckigen Koffers öffnete, sah Dennis, dass sich darin nichts befand außer einem kleinen Plattenspieler und einem halben Dutzend sehr großer Schallplatten. Die Etiketten auf den Platten zeigten, dass es sich um große Opern handelte. Nachdenklich und stirnrunzelnd schloss Dennis den Koffer und verriegelte ihn.

»Ich nehme das mit. Sie können dieses Abteil behalten, Ericksen – ich habe die Fahrkarten dieses Schurken mitgenommen; hier sind sie.«

»Sie werden es hier bequemer haben, als in einer Koje. Und Sie brauchen Mrs Dennis nichts davon zu erzählen. Es könnte sie nur beunruhigen. Ich glaube, wir haben ihre Freunde ziemlich abgeschüttelt, was? Tut mir leid, dass ich Sie zuerst verdächtigt habe.«

»Ach, nicht der Rede wert«, sagte Ericksen und zappelte ein wenig nervös herum.

V. Die Pelican

Die Brigg Pelican war nur ein Hundertfünfzig-Tonner, dennoch ragte die Rah des Royalsegels fast neunzig Fuß über das Deck in den Himmel. Sie war kein schönes Schiff, trotz ihrer großen Sauberkeit, aber sie war groß genug.

Mittschiffs standen die Tranöfen mit zwei Schornsteinen, in denen der Walspeck zu Öl verarbeitet wurde; und sie stanken nach dem Walsaft, der ihre dicken Eichenhölzer vierzig Jahre lang getränkt hatte.

Als das Schiff im Hafen von Vancouver vor Anker lag, weit oben in der zweiten Meerenge, fielen dem geschulten Auge des Seemanns einige Besonderheiten an ihm auf.

Sie war bereit, in See zu stechen, aber es war zu spät für den Frühjahrsfang vor der sibirischen Küste. Und wenn sie in die Arktis fuhr, um ihre Fässer zu füllen, würde sie in diesem Winter mit Sicherheit im Eis liegen, und nur wenige Walfänger gingen in diesen Tagen das Risiko ein, im Eis festzuhängen!

Trotzdem war die gesamte Besatzung seit zwei Tagen an Bord, und die meisten von ihnen waren Kanakas [Südseebewohner] – beides ungewöhnliche Tatsachen, und warum die Pelican immer noch im Hafen herumhing, konnte niemand sagen.

Dieses alte Walfangschiff hatte selbst unter seinesgleichen keinen allzu guten Ruf, aber das lag vor allem an seinen Offizieren.

Manuel Mendez, der schwarze kapverdische Maat, war ein strammer, großer Mann mit einem dünnen, adlerähnlichen Profil, das genau dem der Mumie des Ramses entsprach – mit einer großen Hakennase, aber einer Ausstrahlung von sanfter Raffinesse und zarten Lippen. Manuel Mendez spielte wunderbar Flöte und galt gleichzeitig als Menschenmörder.

Der zweite Offizier war ein alter Mann, seit vierzig Jahren ein Walfänger. Mr Leman trug einen weißen Haarschopf und einen Backenbart, war zwei Meter groß und muskulös wie ein Elchbulle. Es hieß, er sei dafür bekannt, den Arm eines Mannes in beide Hände zu nehmen und ihn wie einen morschen Stock zu zerbrechen. Sein Gesicht war groß und flach, die Augen klein, hell und lagen tief in ihren Höhlen. Seine Nase war zertrümmert und hatte einen krummen Knick.

Einer der Steuerleute, Ericksen, war von Bord gegangen. Der andere war, wie der Maat, ein Mann von den Kapverden; sein Name war portugiesisch, aber er wurde Corny genannt.

Die Brigg hatte erstaunlicherweise keinen Fassmacher an Bord und der Koch war, wie Ericksen, abwesend.

Der Steward war ein bösartiger kleiner Taschendieb, ein Cockney [Spitznamen für einen Londoner, eigentlich nur aus einem bestimmten Teil der Stadt], der aus Kanada verschwinden wollte, bevor ihn die Einberufung erwischte.

Der Kajütenjunge war ein Grünschnabel von einem Bauernburschen namens Jerry, ein mondgesichtiger Junge, der einen Monat zuvor von der Farm weggelaufen war. Ansonsten gab es niemanden im Hinterschiff.

Auf dem Vorschiff befanden sich fünfzehn Männer. Zehn von ihnen waren Kanakas – fröhliche braune Männer, die ihre eigene kehlig klingende Sprache und etwas gebrochenes Englisch sprachen und wie alle ihre Artgenossen edle Seeleute waren.

Die anderen fünf waren heruntergekommene Weiße, der Abschaum der Stadt, die betrunken unter den Luken gehalten wurden, bis die Pelican in See stach.

Auf dem Schiff herrschte eine unruhige Atmosphäre – zumindest in den Achterkabinen. Vorne hingegen sangen und arbeiteten die Kanakas fröhlich, und die fünf Penner schnarchten in betrunkener Ruhe. Aber achtern war alles anders. Verhaltene Aufregung, Spannung, viel Geflüster und wilde Spekulationen – die Atmosphäre schien elektrisch geladen.

Jeder wusste, dass unten ein Invalide saß – ein Mann in einem Rollstuhl, der kein einziges Wort sprechen und keinen Finger bewegen konnte. Jerry bestätigte, dass er essen und seine Ohren benutzen konnte, aber nicht viel mehr, da auch seine Augen etwas beeinträchtigt waren.

Dann kam die Frau des Kapitäns an Bord, und als sie an Deck kam, wurden die Männer hellhörig – nicht weil sie sie liebten, sondern weil sie sie fürchteten und hassten. Alle auf dem Schiff kannten sie als 'Missus', so lautete ihr Titel.

Es war fünf Uhr nachmittags. Zwei Glockenschläge auf der messingfarbenen Schiffsglocke hinter dem Besanmast waren gerade ertönt, als die 'Missus' auf dem Achterdeck erschien.

Mrs Pontifex war eine stramme, große Frau mit eisengrauem Haar und einem Kiefer wie ein Felsen; ihr unveränderlicher Gesichtsausdruck war unbeugsam und keineswegs lieblich.

»Keine Spur von dem Boot, Mr Leman?«, fragte sie mit einer rauen Stimme, die einen deutlichen Yankee-Ton hatte.

»Nein, Ma'am«, antwortete der zweite Offizier kleinlaut. »Der Zug muss Verspätung gehabt haben. Die Züge haben oft Verspätung, hat man mir gesagt.«

Die 'Missus' erspähte einen Kanaka, der es sich bequem gemacht hatte. Er lehnte halb an einem der Tranöfen und schlief in der westlichen Sonne.

Sie ging zu ihm hin und weckte ihn mit einem kräftigen Tritt in die Rippen. »Geh und schlaf unten, du Lump!«, brüllte sie. »Das hier ist kein Liegeplatz.«

»Du, Corny! Wer war im Boot von Mr Mendez, als er den Käpt'n an Land brachte?«

»Sechs von den Kanakas, Ma'am«, antwortete der schwarze Steuermann.

»Hm! Dann werden sie nicht weglaufen. Alles bereit zum Auslaufen, Mr Leman?«

»Alles bereit, Ma'am.«

»Sobald ihr das Boot seht, gebt ihr das Signal für den Schlepper. Wenn das Boot längsseits kommt, sagst du zu dem Kapitän, dass wir aufgefordert wurden, den Ankerplatz zu wechseln. Das wird das Mädchen und ihren dummen Mann ruhig halten, und sie werden keinen Verdacht schöpfen, denke ich!«

»Ja, Ma'am. Und dann?«

»Mach die Leinen vor dem 'Lions-Gate' [erste Meerenge vor Vancouver mit der Lion's-Gate Brücke] los und nimm Kurs auf Unalaska.«

»Aber, Ma'am, was ist mit Frenchy? Wir haben keinen Koch, außer ihm!«

Mr Leman rieb sich die Bartstoppeln, sichtlich beunruhigt darüber, ohne Koch in See zu stechen. »Wissen Sie, Ma'am, Bootsmann Joe hat telegrafiert, dass er zurückgelassen wird.«

»Mach dir nichts draus, Dumont.« Die Lippen von Mrs Pontifex Lippen verzogen sich zu einem grimmigen Ausdruck.

»Er hat seine Befehle bekommen, und ich habe ihm Geld überwiesen. Er wird mit dem Dampfer nach Unalaska fahren und dort warten, bis wir angelegt haben.«

»Und wer kocht in der Zwischenzeit?«

»Das werde ich tun. So, jetzt hievt die Trosse, damit ihr den Haken schnell hochziehen könnt.«

Mr Leman hastete nach vorne und brüllte dabei Befehle.

Wenn es eine Sache gab, auf die Tom Dennis nicht im Geringsten vorbereitet war, dann war es der Empfang, der ihn in Vancouver erwartete.

Er hatte als Aufenthaltsort mit einer Seemannsunterkunft in der Vorstadt gerechnet, mit einem längeren Verbleib in einem Hotel oder einer Pension oder so etwas Ähnlichem. Stattdessen fand er sich und Florence beim Aussteigen aus dem Zug beim Händeschütteln mit Kapitän Pontifex wieder, den Ericksen ihnen mit großer Freude vorstellte.

Der 'Skipper' war für das misstrauische Auge von Dennis kein besonders ansehnlicher Mann. Sein gekräuselter schwarzer Schnurrbart, seine schwärzlichen, höhlenartigen Gesichtszüge und seine wachen, dunklen Augen sahen zwar gut aus, aber hinter dem Schnurrbart verbarg sich ein grausamer und bitterer Mund. Die scharfen Gesichtszüge zeigten hohe Wangenknochen, und die Augen waren von einer besonderen Art, mit schweren Lidern – die Augen eines Anführers, die Augen eines Hindenburg.

Der erste Eindruck wurde jedoch durch die geschliffene Herzlichkeit von Pontifex fast zunichtegemacht. Er war ein gebildeter Mann mit ausgeprägter Persönlichkeit und gab sich große Mühe, sich sympathisch zu zeigen.

Die erste Frage von Florence galt ihrem Vater.

»Wir haben ihn an Bord der Pelican genommen, Mrs Dennis«, antwortete Pontifex. »Er schien die salzige Luft zu vermissen, und der Mietvertrag für unsere Unterkunft war ohnehin abgelaufen.«

»Hier entlang, bitte – ich habe ein Taxi für Sie bestellt! An Bord des Schiffes steht eine Kabine für Sie bereit, und Mrs Pontifex hat versprochen, um

Punkt sechs Uhr ein ausgezeichnetes Abendessen zu servieren; wir werden das Schiff rechtzeitig erreichen.«

»Wenn Sie mir Ihre Kofferscheine überlassen, Mr Dennis – «

»Aber Kapitän, wir wollen Ihre Gastfreundschaft nicht ausnutzen!«, unterbrach Tom Dennis. »Das ist ja sehr nett von Ihnen, aber – «

»Unsinn, mein lieber Freund!« Pontifex lachte und ergriff seinen Arm, um ihn zum Taxi zu drängen.

»Es ist mir ein großes Vergnügen, das versichere ich Ihnen! Natürlich werdet ihr jungen Verheirateten eure Einsamkeit wollen, nachdem Ihr Euch bei dem alten Kapitän niedergelassen habt, aber ich nehme an, Ericksen hat Euch erzählt, was wir zu tun haben?«

»Ericksen hat uns nichts gesagt«, erwiderte Dennis.

»Gut für den Bootsmann!« Pontifex lachte wieder. »Ich hatte ihn gewarnt, die Klappe zu halten.«

»Nun, dann lassen wir das Geschäftliche für heute Nacht ruhen und treffen uns morgen früh, ja?«, fuhr er fort. »Die Direktoren der Gesellschaft werden sich dann alle an Bord befinden, und ihr werdet eine Zeit lang unsere Gäste sein.«

»Welche Gesellschaft?«, warf Florence ein.

»Ah, das ist das Geheimnis!« Pontifex half ihr in das Taxi, und seine weißen Zähne zeigten ein Lächeln.

»Eine Überraschung für Sie, Madame!«

»Es war schon seltsam, wie ich Ihren Vater aufgefunden habe – armer Mann, der in einem Seemannsheim festsitzt und nicht einmal seinen Namen sagen kann! Wissen Sie, wir waren immer ziemlich gute Freunde, Miles und ich.«

Tom Dennis stellte fest, dass sein Misstrauen schwand, und seine anfängliche Abneigung gegen Pontifex wurde durch die lebhafte Persönlichkeit des Mannes beruhigt.

Pontifex hatte Charakter, viel Charakter, und wie alle starken Männer, konnte er sich, fast wie er es wollte, beliebt oder verhasst machen. Er schien ein gut gelaunter, souveräner Mann zu sein, der gerne Witze machte und eine wache und freundliche Männlichkeit ausstrahlte.

Dennis hielt ihn für gut als Freund, aber schlecht, wenn er ein Feind wäre.

»Wir hoffen, dass der Schock, Sie zu sehen, Mrs Dennis, Ihrem Vater die Sprache wiedergeben wird«, fuhr Pontifex fort. »Aus diesem Grund haben wir ihm nicht gesagt – «

»Aber wie kann er so gelähmt sein?«, fragte Florence sofort. »Er kann hören, aber nicht sprechen? Warum – «

»Meine liebe junge Dame, die besten Ärzte in Vancouver können das nicht erklären!«

Pontifex schüttelte mit väterlicher Fürsorge den Kopf. »Es ist einer der seltsamen Fälle von Lähmung, aber keineswegs ein ungewöhnlicher Fall. Er kann seine Augenlider leicht, seine Augen dagegen perfekt bewegen; er kann recht gut essen und trinken, aber seine Stimmbänder sind völlig gelähmt.«

Ohne Gelegenheit zu einem weiteren Gespräch erreichten sie die Uferpromenade, und Kapitän Pontifex führte den Weg zum Steg.

Tom Dennis hatte seine eigenen Reisekoffer dabei, ein riesiges Ding, so groß wie eine kleine Truhe, und zwei Taschen, die Florence gehörten; um Letztere kümmerte sich der Kapitän.

Nachdem sie das Boot mit seinen sechs fröhlichen Kanaka-Ruderern erreicht hatten, wurde Manuel Mendez von Pontifex vorgestellt.

Mendez machte sein gebrochenes Englisch durch ein breites Grinsen wett und half Florence, neben dem Skipper, der anschließend das lange Steuerruder in die Hand nahm, zu den Achtersitzen des Bootes zu gelangen.

Dennis kletterte mit Mendez in den Bug.

Nach einer kurzen Wartezeit erschien Ericksen, dem ein Lastwagenfahrer half, den einen Koffer, den Florence mitgebracht hatte, in das Boot zu tragen.

Ericksen reichte Mendez die Hand und warf den Männern einen lachenden Gruß zu.

Der Skipper stand auf und richtete einige ungeduldige Worte an Ericksen, woraufhin sich dieser an Dennis wandte.

»Ich habe nichts mehr von dem viereckigen Koffer gesehen, Mr Dennis – den Sie aus dem anderen Abteil genommen haben.«

Tom Dennis lachte eher gleichgültig. »Ach, der! Da war nichts drin, was ich wollte, Bootsmann Joe; ich habe ihn in der ersten Nacht dem Gepäckträger gegeben.«

Ericksen ließ seine Pfeife auf dem Anlegesteg fallen und bückte sich nach ihr, wobei er leise Worte murmelte, die nicht segensreich klangen.

Kapitän Pontifex wechselte die Miene, dann schnauzte er den Bootsführer mit einem Befehl an. Seine Stimme war plötzlich metallisch und durchdringend.

»Beeilen Sie sich, Bootsmann! Wir haben keine Zeit, um herumzutrödeln.«

Bootsmann Joe, der jetzt aussah wie ein Hund, der gleich eine Tracht Prügel bekommt, sprang in das Boot hinunter.

Der Mann im Bug stieß ab. Die Ruder ließen das Wasser aufschäumen und das Walboot schwang sich hinaus in die Mündung.

Tom Dennis hatte das ungute Gefühl, geradewegs entführt worden zu sein – und lachte gleichzeitig über sich selbst als Einfaltspinsel.

Als sie näher kamen, zeigte Mendez auf die Pelican, und aus der anderen Richtung näherte sich ein Schlepper der Brigg.

Als das Boot unter die braune Seite des Schiffes fuhr, tauchte über der Leiter ein flaches, weißbärtiges Gesicht auf; Mendez informierte Dennis, dass dies der zweite Maat, Mr Leman, sei.

»Ahoi, Kapitän«, rief Leman mit einem unerwartet schallenden Ton. »Wir haben den Befehl erhalten, den Ankerplatz zu wechseln, Sir – die Hafenbehörden. Der Schlepper kommt jetzt!«

»Sehr wohl, Mr Leman«, erwiderte Pontifex zügig. »Holen Sie eine Leine von den vorderen Pollern und halten Sie sich bereit, den Haken hochzuziehen. Mr Mendez, kümmern Sie sich um dieses Gepäck?«

»Alles bereit, Miss – pardon, Mrs Dennis! Darf ich Ihnen auf die Leiter helfen?«

Falls Florence vor dieser direkten Annäherung zurückschreckte, verbarg sie das gut und war mithilfe von Pontifex bald auf dem Deck, wo sie der 'Missus' vorgestellt wurde.

Tom Dennis folgte ihr. Die 'Missus' gab ihm einen kräftigen Händedruck, dann wandte sie sich an Florence.

»Das Abendessen ist fertig«, verkündete Mrs Pontifex. »Ich nehme aber an, Sie wollen lieber erst ihren armen Vater sehen? Dann kommen Sie mit mir.«

»Käpt'n, sagte die 'Missus' zu ihrem Mann, »sorge dafür, dass dieser Ericksen sich Gesicht und Hände wäscht, bevor er sich zu Tisch setzt! Und lass ihn ein sauberes Hemd anziehen.«

Bootsmann Joe kam gerade die Seite herauf und hörte die Worte.

»Haben Sie gehört?«, schnauzte Pontifex.

»Ja, Sir«, antwortete er kleinlaut, und sein sommersprossiges Gesicht sah ziemlich blass aus.

Mrs Pontifex verabschiedete sich mit Florence, doch Tom Dennis schloss sich ihnen aufgrund eines Blicks seiner Frau an. Alle drei gingen dann an dem hinteren Niedergang hinunter. In einem Rollstuhl, der an den Heckfenstern der Kabine stand, saß Miles Hathaway.

Er sah nicht so aus, wie Tom Dennis ihn sich vorgestellt hatte, denn sein steinhartes und unbeugsames Gesicht war halb von einem zotteligen grauen Bartwuchs verdeckt. Auch sein Haar war lang geworden und hatte graue Strähnen. Er saß regungslos da, die Hände im Schoß. Seine Augen, große leuchtende braune Augen, wie die von Florenz, waren auf die drei, die eintraten, gerichtet.

Die Begegnung war bedauernswert, fast schon tragisch. Mit einem erstickten Schrei rannte Florence zu ihrem Vater und kniete neben ihm nieder, schloss ihn in die Arme und drückte ihren Kopf an seine breite, massive Brust.

Der Mann erschien unbeweglich und hilflos. Seinen Augen schien das rasche Spiel der Wangenmuskeln und Lider zu fehlen, das ihnen Ausdruck verleiht; doch als diese Augen auf dem nach oben gewandten Gesicht von Florence verweilten, schienen sie sich mit ungläubigem Entsetzen zu weiten.

»Wir haben Ihre Tochter mitgebracht, Käpt'n Hathaway«, verkündete Mrs Pontifex schrill, »und ihren Mann, Mr Dennis.«

Die Augen des hilflosen Mannes drehten sich zu Dennis und ruhten auf seinem Blick. Der Mund von Miles Hathaway öffnete sich; er versuchte auf schreckliche Weise sich zu rühren, die unsichtbaren Fesseln zu zerreißen, die ihn festhielten – aber es gelang ihm nicht.

84

Er konnte weder sprechen, noch sich bewegen, doch seine Augen, die auf das Gesicht von Dennis gerichtet waren, schienen von einer schrecklichen und folgenschweren Botschaft erfüllt zu sein.

»Ich bin so froh, dass wir dich gefunden haben, lieber Vater«, sagte Florence leise und mit Tränen auf den Wangen. »Tom und ich werden uns immer um dich kümmern, und wenn nur Mutter hier wäre – sie hat nie erfahren, dass du noch lebst.«

Wieder öffnete sich Miles Hathaways Mund in krampfhafter Weise, aber er konnte nicht sprechen.

Seine Augen waren entsetzlich anzusehen. Stumm zeugten sie von dem nicht mehr beherrschbaren Willen des Mannes.

Tom Dennis konnte die Szene nicht länger ertragen und berührte den Arm von Mrs Pontifex: »Lassen wir sie alleine – für einen kleinen Moment.«

Die Frau nickte. Gemeinsam verließen sie Vater und Tochter.

Die Kapitänsfrau ging voraus in die Messe, wo sie Pontifex vorfanden, der gerade eine Flasche Wein öffnete. Oben trampelten die Füße auf dem Deck, und die Brigg krängte ein wenig.

»Ein richtiges Abendessen!«, rief Pontifex herzlich aus. »Ein wahres Hochzeitsessen, was?«

»Mr Leman hat das Deck übernommen, meine Gute, und er hat alle Leute zu sich gerufen, also werden wir ausnahmsweise ein ruhiges Familienessen haben, nicht wahr?»

»Wo ist Mrs Dennis?«, fuhr er fort. »Oh, bei ihrem Vater natürlich. Ein trauriges Treffen für sie!«

»Ja, aber ohne Sie, Kapitän Pontifex, hätte es gar kein Treffen gegeben«, sagte Dennis herzlich. »Wir verdanken Ihnen sehr viel – «

»Schon gut, schon gut, nicht der Rede wert!« Pontifex zwirbelte seinen gelockten Schnurrbart, und seine weißen Zähne blitzten in einem Lächeln auf. »Wir werden unsere Belohnung bekommen, die 'Missus' und ich. Keine Sorge, wir werden morgen früh darüber reden, ja?«

»Ich nehme an, Sie sind mit Dumas gut vertraut, Mr Dennis?« [der Schriftsteller gemeint, 'Der Graf von Monte Christo' und andere Werke]

»Nun ja, es ist ärgerlich, dass wir unseren Ankerplatz auf diese Weise ändern mussten«, sagte er dann. »Aber die Hafenbehörden wissen natürlich, was sie in diesen Kriegszeiten zu tun haben.«

«Nun, setzen Sie sich«, forderte er Dennis auf.

Das Abendessen war ausgezeichnet, auch wenn das Geschirr wegen der Bewegung des Schiffes mehr als nur ein wenig hin und her wackelte.

Kapitän Pontifex machte sich darüber lustig und erklärte, dass sie ihren neuen Ankerplatz vielleicht nicht vor Mitternacht erreichen würden.

Zum Kaffee wurde ein Likör gereicht, der eigenartigste und beißendste, den Tom Dennis je probiert hatte.

Der Kapitän erklärte, dass es sich um ein seltsames Destillat handelte, das ein sibirischer Eskimo aus Mehl und Melasse hergestellt hatte – eine echte Rarität.

Vielleicht war es dieser Likör, der Tom Dennis so unerklärlich schläfrig machte, dass er kaum in die ihm und Florence zugewiesene Kajüte des Maats stolpern konnte.

Und während er sich zurückzog, hörte er noch von irgendwo an Deck das röhrende Gebrüll von Bootsmann Joe:

'Es wartete auf guten Wind,
um auf Fahrt zu gehen,
das war vor langer Zeit'

Der letzte vage Gedanke von Tom Dennis war eine mentale Frage, warum Kapitän Pontifex ihn gefragt hatte, ob er Dumas kenne. Auch daran sollte er sich später erinnern.

VI. Auf dem Weg

Am Morgen, nachdem die Pelican aus dem Lion's Gate herausgefahren war und Kurs nach Süden genommen hatte, befand sie sich außerhalb von Kap Flattery und zeigte in nordwestlicher Richtung.

Sie bockte, schlingerte und neigte sich unter einem steifen Westwind, und obwohl Kapitän Pontifex auf dieser Reise keinen dritten Maat mitgenommen hatte, verfuhr er nach den Gepflogenheiten der Walfangkapitäne und hielt selbst keine Wache, es sei denn, es wäre notwendig gewesen.

An diesem schönen Morgen jedoch befand er sich auf dem Achterdeck und unterhielt sich mit dem dunkelhäutigen Manuel Mendez.

Der Steward kam herbei. Er näherte sich ihnen vorsichtig, denn er war ziemlich seekrank.

»Und?«, schnauzte der Kapitän. »Wie geht es ihnen da unten? Wissen sie, dass wir auf See sind?«

»Ja, Sir, es sieht so aus, Sir«, erwiderte der Cockney. »Mr Dennis ist sehr krank, Sir. Die Dame, Sir, ist es nicht.«

»Sie kümmert sich um ihn, oder?«

»Ja, Sir.«

»Nun, Steward, grüßen Sie sie von mir und sagen Sie ihnen, dass ich sie um Punkt vier Glasen in der Salonkabine erwarte.«

»Ja, Sir.«

»Und, Steward! Sie könnten die 'Missus' um ein Stück rohen Walspeck bitten. Essen Sie ihn roh, Steward, und es wird Sie von dem heilen, was Sie plagt. Fetter Walspeck – «

»Ja, Sir«, sagte der Steward schwach, und sein Gesicht wurde grün. Eilig ging er davon.

Der schwarze Mendez grinste vor Freude. »Die taugen nicht zum Kämpfen, Käpt'n.«

Der Kapitän lachte nur leise und ging zum Niedergang. Er hatte sich über Nacht verändert. Jetzt befand er sich nicht mehr im Schatten des Landes, nicht mehr in der Hand der Hafen-, Zivil- und Militärbehörden! Er befand sich nicht mehr in den Maschen des Netzes der Zivilisation. Hier war er der Herr. Hier war er die letzte und oberste Autorität. Hier, auf hoher See, war sein Wort, und nur sein Wort, Gesetz. Er diktierte nur, alle anderen gehorchten! Er war der Kapitän. Er war der absolute Herrscher. Etwas von all dem zeigte sich in seinen Augen, als er unter Deck ging.

Hart und unbeugsam begegnete er der 'Missus', am Fuß der Leiter. Sie sah ihm in die Augen und zuckte leicht zusammen. »Um vier Glasen«, sagte Kapitän Pontifex knapp. »In der Kajüte – mit ihm.«

Sie nickte und sah ihm nach, als er nach achtern schwenkte. Sie hatte Angst vor ihm, aber sie war auch stolz auf ihn – war sie nicht seine Frau? Doch auch sie, vor der sich alle anderen an Bord der Pelican fürchteten, hatte Angst vor dem Kapitän.

Kapitän Pontifex ging in den Salon am Heck, wo der hilflose Miles Hathaway in seinem Stuhl neben der zusammengeschraubten Pritsche saß, die ihm als Koje diente.

Der Kajüteneingang war mit geblümten Chintzvorhängen verhängt, der große Gewehrständer und das kleine Bücherregal waren ebenfalls mit Vorhängen versehen.

In der Ecke nahe der hinteren linken Seite des Schiffs stand ein schweres, am Boden befestigtes gläsernes Teegefäß, in dem eine riesige scharlachrote Geranie blühte. Diese Geranie war der Stolz und die Freude der 'Missus', welche den Neid und die Bewunderung aller Walfangkapitäne auslöste, die zu Besuch kamen.

Der Kapitän zog einen Stuhl vor Miles Hathaway heran, stopfte Tabak in seine Pfeife, zündete ein Streichholz an und richtete seine scharfen dunklen Augen durch eine Rauchwolke hindurch auf den starren Blick des Gelähmten.

»Jetzt«, bemerkte er, »habe ich dich erwischt, nicht wahr? Eine ziemliche Überraschung, was?«

Es schien, als ob eine furchtbare innere Erschütterung über den hilflosen Mann hereinbrach. Sein Mund öffnete sich leicht, seine Augenlider zuckten, aber er konnte nicht sprechen.

Pontifex lachte. »Ich sagte doch, dass ich dich zum Reden bringe, oder? Endlich stechen wir in See, Käpt'n, und ich habe *sie* mit an Bord. Und ihr Mann – sie wird früh Witwe sein, nicht wahr? Das heißt, wenn du immer noch stur bleibst.«

»Nun, ich habe dir gesagt, dass ich erwarte, Dumas père [der Schriftsteller, hier als Dumas der Ältere bezeichnet] mithilfe der modernen Wissenschaft einen Schritt voraus zu sein; aber, mein lieber Miles, wir müssen uns noch eine Weile an den alten Romancier halten. Du wirst also freundlicherweise auf die übliche Weise antworten, wenn ich Fragen stelle.«

Einen Moment lang paffte Pontifex an seiner Pfeife. Dann nahm er eine weitere vom Tisch, füllte sie mit Tabak, zündete sie an und hielt sie Hathaway zwischen die Zähne.

»Jetzt werden wir uns bei unserem Tabak ein wenig unterhalten, was? Echte alte Matrosen, was?«

Er glukste schrecklich spöttelnd herum. »Um vier Glasen, Käpt'n, werden sie hierherkommen, und wir werden eine Sitzung des Direktoriums abhalten. Die Hathaway Bergungsgesellschaft – wie wär's damit? Tut mir leid, dass du nicht dabei bist.«

»Erinnerst du dich an die Zeit in Wladiwostok, als du mich auf der Straße trafst und mich verfluchtest, weil ich diese Deserteure auf einer Eisscholle zurückgelassen hatte? Ich habe dir damals gesagt, dass ich es dir heimzahlen würde, Miles. Und jetzt – ist *sie* mit mir auf See! Ein guter Scherz, was?«

Der sensible Schreckensblick in den Augen von Miles Hathaway verstärkte sich. Sein massiges Gesicht errötete, dann verblasste es wieder unter den Stoppeln seines weißlichen Bartes.

»Bootsmann Joe ist ein Fehler unterlaufen, als er sie heiraten ließ«, fuhr Pontifex fort. »Aber wir brauchen jetzt ihre Unterschrift und die ihres Mannes – und wir werden es ihnen so sagen. Verstanden, Miles?«

»Ja, das werden wir ihnen sagen; wir werden es auch überzeugend machen. Wir werden ihnen klarmachen, dass wir ihre Unterschriften und ihre Hilfe brauchen. Aber du weißt es besser, Miles!«

»Ja, du weißt es besser. Du weißt, dass ich das Mädchen in die Hände bekommen musste, um dich zum Reden zu bringen, verdammt noch mal! Deshalb habe ich viel Geld ausgegeben, um sie zu bekommen, und ich habe ich sie bekommen.«

»Was ihren Mann Dennis betrifft, den werden wir später los. Er zählt nicht.«

Wieder nahm Pontifex seine Pfeife zur Hand und paffte sie an. Er lächelte jetzt, als er sprach – ein hässliches Lächeln, das seine Lippen umspielte.

Er beugte sich mit einer schnellen, gezielten Frage vor: »Wenn es dir schwerfällt, deine Augenlider zu benutzen, Miles, antworte mit der Pfeife. Wirst du mir sagen, wo die John Simpson liegt?«

Captain Hathaway ließ eine einzelne Rauchspirale aus seiner Pfeife aufsteigen.

»Nein?« Pontifex hörte auf zu lächeln. »Wir haben versucht, dich zu foltern, Miles, und du bist der sturste Teufel, den ich je getroffen habe. Willst du, dass wir das Mädchen hierher bringen und *sie* foltern – vor deinen Augen? Hm! Erinnerst du dich an Frenchy, der deine Füße mit den Eisen gefesselt hat? Nun, Frenchy wird sie zum Sprechen bringen. Und Frenchy kommt in Unalaska an Bord.«

»Also, Miles, wenn du mir die Peilung der Simpson gibst, bringe ich dich, sie und ihren Mann in Unalaska an Land, und dann ist alles in Ordnung.«

»Ich gebe dir mein feierliches Wort darauf, und du weißt, dass mein Wort etwas bedeutet. Was immer ich sonst auch tue, ich breche mein Wort nicht! Wenn wir Unalaska erreichen, wirst du ziemlich gut verstehen, wie wir die Dinge angehen werden.«

»An dem Tag, an dem wir den Unimak-Pass erreichen, werde ich dich noch einmal fragen – und nur einmal. Wenn du dich weigerst, mache ich mich an das Mädchen heran – oder Frenchy tut es. Überlege es dir, Miles. Überlege es dir gut, verdammt noch mal! Jetzt, wo sie hier ist, werde ich dich zum Reden bringen!«

Pontifex drückte seine Pfeife und die von Hathaway aus. Dann ging er an Deck.

In der Zwischenzeit besuchte seine 'beste' Ehefrau die Unterkunft von Dennis. Florence war trotz ihres schlanken und gebrechlichen Körpers von *der mal-de-mer* [Seekrankhheit] unberührt geblieben und begrüßte lächelnd die 'Missus'.

Tom Dennis hatte sich rasch wieder halbwegs erholt. Er saß auf der unteren Koje und brachte ein schwaches Grinsen zustande.

»Der Steward hat Ihnen das Frühstück gebracht«, sagte die 'Missus', »geht es Mr Dennis wieder besser?«

»Durchaus, denke ich«, antwortete Florence. »Wir sind doch nicht auf See?«

Mrs Pontifex nickte. »Oh doch, das sind wir. Wir befinden uns weit außerhalb von Flattery.«

»Und was machen wir dort?«, fragte Tom Dennis erstaunt.

»Wir 'machen' gerade ungefähr neun Knoten«, erwiderte die 'Missus' kühl und fixierte ihn mit ihren tiefen, kalten Augen. »Aber darüber brauchen wir jetzt nicht zu diskutieren. Wenn ihr um vier Uhr in die Kajüte kommt, werden wir darüber reden!«

»Aber was hat das zu bedeuten?«, sagte Florence ein wenig blass und legte ihre Hand auf den Arm der Frau. Ihre Augen suchten die steinernen Züge mit ängstlichem Flehen ab. »Wollen Sie es mir nicht bitte sagen? Es ist doch alles in Ordnung?«

»Es ist alles in Ordnung, meine Liebste.« Mrs Pontifex tätschelte die Hand des Mädchens und zeigte ein freches Lächeln. »Es bedeutet Geld in unser aller Taschen, das bedeutet es – ja, auch in eurer! Also nehmt es uns nicht zu übel, dass wir mit euch jungen Leuten auf die See abgehauen sind, bevor ihr alles darüber wisst.«

»Und nun, meine Liebste, muss ich kochen, weil unser verflixter Koch an Land gegangen und nicht wieder aufgetaucht ist. Die Pflege ihres armen Vaters hat mich fast um den Verstand gebracht, und ich weiß, dass Sie jetzt bereit sind, sich ein wenig um ihn zu kümmern – «

»Aber natürlich! Ich wollte schon vorher mit Ihnen darüber sprechen!«, rief Florence aus. »Wenn Sie mir zeigen würden – «

»Kommen Sie einfach mit mir. Der arme Mann macht nicht viel Ärger, und es ihm bequem zu machen, ist das Mindeste, was wir tun können, und wenn Sie noch etwas brauchen, rufen Sie einfach nach dem Steward und sagen Sie es ihm.«

»Wir sind bald wieder da, lieber Tom«, sagte Florence und ging mit Mrs Pontifex davon.

Als sich die Tür schloss, blieb Tom Dennis einen Moment lang regungslos sitzen, dann hob er den Kopf. Er versuchte, sich aufrecht hinzustellen, wobei er sich an der Koje festhielt. Langsam schlich sich ein Lächeln in seine kalkweißen Gesichtszüge, und bald stand er voll ausgestreckt auf den Füßen.

»Ich falle nicht um! Ich fühle mich schlecht, aber nicht annähernd so schlecht, wie es sein könnte«, bemerkte er hörbar. »Es ist gut für mich, dass ich an der Küste von Maine aufgewachsen bin und Schiffe und das Meer so gut kenne wie kein anderer! Das wissen sie nur nicht, und Florence wird es nicht verraten. Aber, warum zum Teufel haben sie uns hierher entführt?«

Stirnrunzelnd trank er einen Schluck kalten Kaffee aus der Kanne, die ihm der Steward eine Stunde zuvor dagelassen hatte. Dann ging er zu seinem riesigen Reisekoffer, dessen ausziehbare Seiten fast zum Bersten dick waren und der am Kopfende der Koje lag.

Er entriegelte den großen Koffer, öffnete ihn, entledigte sich seines Hemdes und Kragens, die er am Vortag getragen hatte, und schlüpfte in ein graues Flanellhemd, das er aus dem Koffer nahm.

Die Krawatte um den Kragen geknotet, wandte er sich wieder dem Reisekoffer zu und kniete sich über ihn. Er zog daraus einige Kleidungsstücke hervor und warf sie achtlos auf den Boden – und warf noch mehr heraus, bis ein Haufen zerknitterter Kleidungsstücke neben ihm lag.

Dann holte er ein großes flaches Paket und zwei kleine hervor. Er öffnete sie und entdeckte sechs große Schallplatten, einen Tonabnehmer und eine Schachtel mit Nadeln. Schließlich holte er aus dem Koffer noch einen kleinen, trichterlosen Phonographen heraus. Er starrte auf ihn hinunter und kicherte.

»Ich habe Ericksen die Wahrheit gesagt, als ich sagte, ich hätte den viereckigen Koffer dem Portier gegeben«, dachte er sich, während er das Wiedergabegerät zusammensetzte. »Aber ich habe nicht erwähnt, dass ich die Sachen, die darin waren, in den Koffer gepackt habe.«

Warum er das getan hatte, war wohl eine Reaktion im Unterbewusstsein von Tom Dennis gewesen, denn sein Verdacht gegen Ericksen hatte sich nie ganz gelegt. Es war sehr merkwürdig, dass das einzige Gepäckstück des Attentäters aus dieser Phonographenausrüstung bestanden hatte.

Bootsmann Joes Interesse an der Angelegenheit war ebenfalls merkwürdig; seine Anwesenheit in dem Abteil des Attentäters hatte Tom Dennis immer wieder beunruhigt. Mehr als er zugeben wollte, vermutete Dennis, dass zwischen Ericksen und dem Beinahe-Mörder eine bestimmte Beziehung bestand oder bestanden hatte, und zwar keineswegs eine feindliche. Und warum hatte dieser Mann nichts außer diesem Plattenspieler und sechs Grand-Opera-Platten besessen?

Dennis wollte diese Platten ausprobieren. Er hoffte inständig, dass die Etiketten ein Hinweis darauf geben könnten, dass die Platten eine Information enthalten. Steckte das Geheimnis in diesen Platten?

Dennis zog das Gerät auf, setzte eine Nadel ein und legte eine der Platten auf den Plattenteller. Zu seiner völligen Verblüffung stellte er fest, dass auf der Platte nichts zu hören war außer einer tiefen Bassstimme, die das Alphabet immer wieder in einer langsamen und deutlichen Folge wiederholte! Nach jedem letzten Buchstaben 'Z' folgten die Ziffern von eins bis null.

Dennis probierte eine nach der anderen der sechs Platten aus und lauschte geduldig dieser irrwitzigen Wiederholung des Alphabets. Da war wirklich nichts anderes drauf!

Schließlich warf er einen Blick auf seine Uhr und stellte fest, dass es fast zehn war, also vier Glockenschläge.

Einigermaßen missgelaunt und enttäuscht packte er den Phonographen und die Schallplatten wieder in die Tiefen seines Koffers und wollte ihn gerade verschließen, als Florence die Kabine betrat.

»Bist du fertig, Lieber?«, fragte sie eifrig, und ihre blassen Wangen färbten sich leicht. »Sie warten alle in der Kabine auf uns – und, Tom! Es ist eine Gesellschaft! Die Hathaway Bergungsgesellschaft!«

»Und was bedeutet das?«, fragte Dennis lächelnd, während er sie küsste.

»Sie werden es uns sagen. Geht es dir besser, mein Lieber?«

»Oh, mir geht's gut – ich kann jedenfalls laufen. Also vorwärts, zur Lüftung des Geheimnisses!«

Gemeinsam verließen sie ihre Kabine und gingen nach achtern.

Neben Miles Hathaway und der großen scharlachroten Geranie in dem grün gestreiften Glasgefäß saßen fünf Personen um den Tisch. Am Kopfende saß Captain Pontifex und am Fußende die 'Missus'.

Auf der einen Seite saß Mr Leman, der an seinem Schnurrbart kraulte. Auf der anderen Seite saß Ericksen, der Captain Hathaway mit einem satanischen Blick aus seinem sommersprossigen Mund musterte, und neben ihm der schwarze Steuermann Corny.

Als Florence den Raum betrat, erhob sich Pontifex, und die anderen folgten seinem Beispiel.

Der Kapitän deutete auf zwei Stühle, die neben Leman standen. »Würden Sie bitte Platz nehmen? Ich habe das Vergnügen, Ihnen unsere Offiziere vorzustellen, mit Ausnahme von Mr Mendez, der das Deck bewacht.«

»Mr Leman, unser zweiter Maat. Ericksen kennen Sie, glaube ich, und Corny.«

»Dieser Stuhl, Mrs Dennis – danke sehr. Ich darf hinzufügen, dass wir die leitenden Angestellten und Direktoren der Hathaway Bergungs-gesellschaft sind, deren Präsident ich bin, Mrs Pontifex, Schatzmeisterin, Mr Leman, Sekretär – die anderen Herren sind Direktoren.«

Dennis, der sich ziemlich hilflos und verwirrt fühlte, ließ sich auf den Stuhl neben Florence sinken.

»Zu unserem eigenen Schutz« – der Kapitän zwirbelte seinen Schnurrbart – »waren wir gezwungen zu schweigen, bis wir auf See waren. Wenn bekannt geworden wäre, dass Kapitän Miles Hathaway noch am Leben ist, würden wir alle ein Vermögen verlieren. Diese eine Tatsache wird viele Fragen erklären, die Sie vielleicht verwirrt haben, Mr Dennis.«

»Ein paar Dinge sind durchaus erklärungsbedürftig«, sagte Dennis.

»Zugegeben!«, sagte der Kapitän und lächelte.

»Ich möchte noch hinzufügen, dass wir nicht zu den Walfanggründen fahren und auch nicht auf einer Walfangreise sind, wie alle das denken. Aus diesem Grund haben wir Kanakas angeheuert; sie sind treue, gute Seeleute und stellen keine Fragen. Natürlich sind weder sie noch die anderen Matrosen Mitglieder in unserer Gesellschaft.«

»Und was ist der Zweck des Unternehmens?«, fragte Florence schnell.

»Man kann es mit einem Wort zusammenfassen: Bergung! Das Schiff Ihres Vaters, die John Simpson, war mit allen Mann auf See verloren gegangen. Aber die Eingeborenen, die Ihren armen Vater nach Unalaska brachten, erzählten, sie hätten ihn am Ufer einer Insel gefunden, die zweifellos zu den Aleuten gehörte, und im Windschatten dieser Insel hätten sie ein Wrack gesehen, das so flach unter der Oberfläche lag, dass die Masten hinausragten. Dieses Wrack war die Simpson.«

»Sie wissen vielleicht, dass die meisten dieser Inseln verlassen sind, ohne Trinkwasser, zu nichts zu gebrauchen. Nicht einmal ein japanischer Robbenfänger würde die Masten eines Wracks entdecken, es sei denn, er käme zufällig an dieser Stelle vorbei.«

»Wir können davon ausgehen, dass die Simpson nie gefunden worden ist. Leider haben die Eingeborenen, die Kapitän Hathaway hergebracht haben, keinen genauen Standort angegeben und waren fast sofort wieder verschwunden.«

Tom Dennis beugte sich vor. »Aber warum ein Schiff bergen, das Schiffbruch erlitten hat? Es ist zu nichts zu gebrauchen! Und die Ladung wird den Eigentümern gehören.«

»Das stimmt so nicht. Sie ist aus dem Register gestrichen worden!«

Kapitän Pontifex zeigte seine weißen Zähne in einem Lächeln von vollkommener Zuversicht:

»Der Punkt ist folgender, Mr Dennis. Das Schiff ging auf dem Weg nach Wladiwostok verloren, beladen mit Nachschub für Russland. Dieser Nachschub bestand fast ausschließlich aus Maschinengewehren – aus Maschinengewehren und Munition.«

»Das Wasser wird der Ladung nicht geschadet haben, Mr Dennis – oder wenn, dann nur geringfügig. Ich habe mich vergewissert, dass die Gewehre wasserdicht verpackt waren. Der Wert beläuft sich auf fast eineinhalb Millionen Dollar. Die Schlussfolgerung liegt auf der Hand, nicht wahr?«

Tom Dennis lehnte sich fassungslos zurück. Die Schlussfolgerung war in der Tat klar – anderthalb Millionen waren für das Einsammeln herauszuholen.

VII. Jerry erzählt etwas

Wie benommen hörte Tom Dennis zu, während Pontifex erklärte, dass nur Miles Hathaway wisse, wo die Simpson läge.

Sie hätten bisher keinen Weg gefunden, dieses Wissen aus Hathaway herauszubekommen – gerade hier war die Stimme des Kapitäns sehr weich – und sie würden darauf zählen, dass Florence eine Methode der Kommunikation finden würde.

Aber, so beeilte sich der Kapitän zu sagen, das war nicht der eigentliche Grund, warum Florence persönlich hergeholt worden war. Sie war die gesetzliche Erbin von Hathaway und unter den gegebenen Umständen auch sein Vormund.

»Natürlich«, sagte Pontifex freundlich, »hätten wir es tun können, ohne dass Sie etwas davon erfahren, aber so machen wir keine Geschäfte, Mrs Dennis.«

»Wir wollen in dieser Angelegenheit ehrlich und ehrenhaft sein.«

»Wir haben uns nicht getraut, über die Angelegenheit da draußen im Hafen zu sprechen, denn Sie haben keine Ahnung, wie neugierig die Leute in der Schifffahrt sind!«

»Ein Hauch von Verdacht, was unser eigentliches Geschäft betrifft, und alles wäre verloren gewesen.«

»Also sind wir einfach mit Ihnen durchgebrannt – kein schlechter Scherz, was? – mit Ihnen durchgebrannt, um Ihr Glück zu machen!«

»Nun, zum Geschäft«, fuhr er fort.

»Unser Vorschlag ist, dass Sie einen Vertrag mit uns unterzeichnen – auch zusammen mit Mr Dennis, da er Ihr Mann ist. Wir wollen, dass alles in Ordnung ist – und dass wir Sie in Unalaska anlanden, um dort auf uns zu warten, bis wir die Sache über die Bühne gebracht haben.«

»Natürlich ist Ihnen klar, dass wir unsere Zeit, die Löhne der Männer, das Schiff und alles andere für das Unternehmen zur Verfügung stellen. Wir haben darüber gesprochen, was fair ist, und wir denken, dass es richtig ist, Ihnen zwanzig Prozent des Bruttoerlöses der Bergung anzubieten. Ist das in Ordnung?«

Florence, deren große braune Augen auf Tom Dennis gerichtet waren, schien in atemloser Ungeduld auf seine Entscheidung zu warten. Er nickte, ohne zu sprechen.

Kapitän Pontifex holte ein Papier hervor, das lange vorbereitet worden sein musste, denn es war mit Schreibmaschine geschrieben, und reichte es Dennis.

Dieser überflog das Dokument; das Schreiben war nicht mehr als eine Zustimmung zu den Bedingungen, wie Pontifex sie skizziert hatte, und Dennis reichte das Papier an Florence weiter.

»Pontifex«, sagte er langsam, »Sie verhalten sich klug in dieser Sache! Ich sage Ihnen, wir wissen das zu schätzen.«

»Ja, ich kann jetzt viele Dinge verstehen, die mir vorher nicht klar waren. Ihr Angebot ist großzügig. Es ist absolut angemessen.«

»Wir sind nicht reich, und wenn die Sache zustande kommt, bedeutet das sehr viel für uns – und für das zukünftige Wohlergehen von Captain Hathaway.«

Florence unterschrieb eilig das Papier mit dem Füllfederhalter, den der Kapitän ihr gegeben hatte, schob Dennis Stift und Papier zu und sprang dann auf.

Mit einem aufgeregten Lächeln auf den Lippen und großen braunen Augen, die vor Leben und Eifer glühten, bestand sie darauf, jedem am Tisch die Hand zu schütteln. Ihre schlanke Gestalt schien von einer plötzlichen Flamme der Vitalität erfüllt zu sein.

»Sie haben mich so glücklich gemacht«, rief sie und wandte sich an Pontifex. »Nicht das Geld, nicht allein das, was es für uns alle bedeuten wird, sondern Ihre Güte! Ihr alle!«

»Oh, wenn Vater Ihnen nur sagen könnte, wie er sich dabei fühlen muss – «

Dann schlang sie ihre Arme um Mrs Pontifex und küsste sie herzlich.

Auf dem zerklüfteten Gesicht der 'Missus' stieg eine langsame Flut von Karminrot auf, die schnell wieder abebbte.

Corny sah Bootsmann Joe an und grinste.

Die tief liegenden, höhlenartigen Augen von Kapitän Pontifex suchten das teilnahmslos beobachtende Gesicht von Miles Hathaway – suchten es mit einem Anflug von Boshaftigkeit in ihren dunklen Höhlen und kehrten dann zu dem Mädchen zurück.

»Pflicht ist Pflicht«, sagte er salbungsvoll. »Wir haben versucht, das Richtige zu tun, Madame. Das Bewusstsein, das Richtige getan zu haben, ist eine große Stütze in schweren Zeiten. Wir – «

Die Worte wurden durch einen entsetzlichen Schrei unterbrochen, der von oben aus der Luft zu kommen schien, und dann fiel eine totenähnliche Stille über die Kabine.

Corny bekreuzigte sich klammheimlich. Das flache, hässliche Gesicht von Mr Leman wurde ganz weiß.

Ericksen warf seinen Stuhl zurück und war mit einem Ruck verschwunden. Kapitän Pontifex sprang auf und folgte Bootsmann Joe zum Niedergang hinauf.

Als er einen Fuß auf die Leiter setzte und die anderen sich an seine Fersen hefteten, neigte sich die Brigg inmitten eines wirren Getrampels und Geschreis von oben zur Seite.

Florence schrie vor Angst auf.

Manuel Mendez half einem Kanaka am Steuerrad, drückte es fest nach unten und brachte die Brigg langsam zum Wenden; er brüllte Befehle, während alle Hände die Segel trimmten.

»Einer der Landratten ist von der Rah des Royalsegels hinausgefallen«, brüllte Mendez dem Kapitän zu. Er hielt es aber nicht für nötig zu erklären, dass er aus Spaß einen der betrunkenen Weißen auf die Rah das Royalsegels geschickt hatte, und grinste vergnügt, als sich der arme Teufel zitternd und verängstigt über Wasser halten wollte.

Aber ein anderer der weißen Männer hatte es gesehen.

»Er war es!«, schrie der Mann wütend und zeigte auf Mendez. »Er hat das Ruder umgelegt, um – «

Bootsmann Joes Faust stoppte die Äußerung und ließ den Mann gegen das Speigatt rollen.

»Raus mit dem vorderen Boot, Bootsmann!«, rief Kapitän Pontifex, und seine Stimme durchdrang den Wind wie Stahl das Papier. »Aber flott jetzt – flott!«

Tom Dennis stand am oberen Ende des Niedergangs, den Arm um Florence gelegt.

Neben ihm stand die 'Missus', wie versteinert und schweigend. Dennis hatte diese vorwurfsvollen Worte von vorne gehört und den Schlag des Bootsmanns gesehen; er stand grimmig da und sah zu, die Lippen zusammengepresst.

Mr Leman gesellte sich mit großer Schnelligkeit zu Bootsmann Joe am vorderen Walboot.

Es wurde schnell ausgeschwenkt und abgesenkt, die Kanakas sprangen hinein; Leman und Ericksen folgten.

Dahinter, irgendwo in den aufgewühlten Wellenkämmen, war der schwarze Punkt eines Männerkopfes zu sehen, doch noch bevor das Boot auf halbem Weg herankam, war der Kopf verschwunden.

Der Mann war untergegangen.

»Seien Sie etwas vorsichtiger mit diesen Männern, Mr Mendez«, sagte Pontifex und sah zu, wie das Walboot wendete und zurückkehrte. »Wir werden sie noch brauchen.«

Das war alles. Keine Wut, keine Nachfragen, keine Sorge über den Tod eines Menschen – den unnötigen, brutalen Mord an einem Menschen – als wäre dieser nur eine umherirrende Möwe gewesen.

Tom Dennis zog Florence nach unten und hoffte, dass sie es nicht bemerkt hatte. Aber als er ihr in die Augen sah, wusste er, *dass* sie es bemerkt hatte.

»Tom, ich kann es nicht glauben«, sagte sie leise und mit Entsetzen in den großen braunen Augen. »Er hat so gesprochen, als ob es keine Rolle spielen würde.«

Dennis nahm die Angelegenheit eher auf die leichte Schulter.

»Mach dir nichts draus, Liebes. Wir kennen nicht alle Umstände, und natürlich kann der Kapitän seinen Maat nicht in der Öffentlichkeit tadeln. Das würde der Disziplin schaden. Versuch einfach, es zu vergessen und nicht darauf anzuspielen.«

Das Mädchen zitterte. »Ich kann diesen furchtbaren Schrei nicht vergessen!«

Danach gab es keinen weiteren Hinweis auf die Angelegenheit, außer dass der Kapitän später erklärte, dass ein nicht zu vermeidendes Schlingern des Schiffes den Unfall verursacht hatte.

Nachdem Manuel Mendez sich zu ihnen in die Kabine gesellt hatte, dauerte es aber sehr lange, bis Florence ihn ansehen konnte, ohne die Miene zu verändern. In der grinsenden Ruhe des schwarzen Portugiesen lag etwas Schreckliches. Seine ewige gute Laune war unheilvoll.

»Wir dürfen uns nicht von Kleinigkeiten beeinflussen lassen«, sagte Tom Dennis am selben Abend.

»Das Wichtigste, Florence, was uns betrifft, ist dein Vater und die Art und Weise, wie sich Pontifex und seine Leute uns gegenüber verhalten.«

»Ich weiß, Tom, mein Lieber«, sagte sie. »Sie sind sehr gut gewesen.«

Er spürte die zwanghafte Haltung in ihr, aber er führte das auf den Unfall zurück.

Zwei Tage später jedoch erwachte mit schrecklicher Geschwindigkeit eine Unruhe in ihm, die durch das Treffen mit der Gesellschaft unterdrückt worden war.

Er hatte mit Pontifex besprochen, wie er mit Miles Hathaway kommunizieren könnte, und der Kapitän erklärte sich in dieser Angelegenheit für völlig hilflos und überließ es ganz dem Einfallsreichtum von Florence.

Die Unbekümmertheit, die Pontifex an den Tag legte, kam Tom Dennis unter den gegebenen Umständen unnatürlich vor.

Als Dennis wenig später mit Mr Leman sprach und sich über Walfangreisen unterhielt, schielte er zu den Segeln hinauf.

»Sie sollten ihre Rahen ein wenig trimmen, nicht wahr?«, sagte Dennis gedankenlos. »Es sieht so aus, als ob Sie einen guten Teil des Windes verlieren, Mr Leman.«

Der Maat zuckte leicht zusammen.

»Wo haben Sie denn so viel über Segel gelernt, Mr Dennis?«

»Oh, ich habe es einfach aufgeschnappt«, lachte Dennis. »Aber wenn Sie es so eilig haben, Unalaska zu erreichen, sollten Sie die Segel ein wenig trimmen.«

»Der Befehl lautete, sie so zu lassen, wie sie sind«, sagte Leman knapp und wandte sich ab.

Dennis zuckte mit den Schultern. Es ging ihn nichts an, wie das Schiff geführt wurde, und wenn Pontifex Gründe hatte, sich nicht zu beeilen, dann war das auch in Ordnung.

In der Zwischenzeit saß der schweigsame und regungslose Miles Hathaway in der Kabine, paffte manchmal an der Pfeife, die Florence für ihn füllte, und beobachtete sie mit unbewegten, schrecklichen Augen bei ihrer Arbeit.

Tom half ihr, sich um ihn zu kümmern, und immer erschien es ihm so, dass Hathaway stumm darum rang, etwas auszudrücken. Einmal holte Dennis eine Karte hervor und versuchte, das Wrack zu lokalisieren.

»Beobachten Sie meinen Finger, Kapitän Hathaway«, wies er ihn an. »Wenn es 'warm' wird, wie die Kinder zu sagen pflegen, machen Sie den Mund auf.«

Der Versuch war erfolglos, denn obwohl Dennis mit seinen Fingern über die gesamte Linie der Aleuten fuhr, blieb Miles Hathaway unbeweglich.

Schließlich begann Dennis zu glauben, dass der Mann entweder nicht verstand oder ein Gehirn besaß, das so tot war wie sein Körper.

Zeitweise war der Gelähmte auch fast unfähig, den Mund zu öffnen oder zu schlucken. Seine Lippen konnten sich nicht selbstständig bewegen – es schien unmöglich, mit ihm zu kommunizieren.

Es war am dritten Abend nach dem Treffen in der Kajüte.

Tom und Florence hatten Hathaway ins Bett gebracht und gingen, nachdem sie dem Kapitän und seiner Frau Gute Nacht gesagt hatten, an Deck, um Luft zu schnappen.

Mendez beaufsichtigte das Deck. Um dem schwarzen Maat aus dem Weg zu gehen, ging Florence mit ihm nach vorne in den Windschatten der Trantöpfe.

Dort zündete Tom Dennis seine Pfeife an. Eine Weile saßen sie schweigend beieinander, unter dem seltsam beruhigenden und zugleich belebenden Einfluss der klatschenden Segel und den rauschenden, schaumgekrönten Wellenspritzern, die unter dem Geländer auf der Leeseite hindurch rauschten.

Plötzlich tauchte von achtern eine Gestalt auf, der ein wimmerndes Schniefen vorausging. Es war Jerry, der mondgesichtige Kajütenjunge, und er schluchzte mit dem gedämpften Weinen eines Jungen.

»Hallo, Jerry!«, sagte Dennis. »Was ist denn los?«

Jerry schaute sie an und rieb sich die Augen,

»Die 'Missus' hat mich verprügelt; dann hat der Alte sich eingemischt und mir in den Hintern getreten, verflucht!«

»Was hast du getan, Jerry?«

»Gar nichts!«, antwortete der Junge trotzig. »Der Maat hat mich runtergeschickt, um seine Kajüte zu putzen, und sie wussten nicht, dass ich da war, und die Tür war offen.«

»Ich hörte, wie der Kapitän sagte, dass es eine verdammt schlechte Nachricht war, dass Frenchy diesen Phonographen nicht mitgebracht hat, da es die beste Idee gewesen sei, die es je gab.«

»Und dann sagte sie, 'ja, vielleicht sollten wir dem alten Teufelskerl noch eine Kostprobe mit dem heißen Eisen geben'.«

»Er sagte dann, 'nein, das ist nicht nötig, denn wir haben ihn jetzt in der Hand, und er wird schnell reden, weil er weiß, dass seine Tochter an Bord ist', und es sei alles die Schuld vom Bootsmann, weil er es vermasselt hat und es zugelassen hatte, dass Frenchy auf diese Weise versagt hat.«

»Dann hörten sie mich, und sie schlug mich und er trat mich die Leiter hoch. Zum Teufel mit ihm! Ich wünschte, ich wäre von diesem alten Schiff runter!«

Jerry ging schniefend wieder nach vorne.

Tom Dennis stand ganz still da. Er spürte, wie Florence sich aufrichtete; er hörte ein erschrockenes Keuchen über ihre Lippen kommen; aber er dachte in diesem Moment mit einer wilden Gewissheit, die ihn fast krank machte, an das, was der Skipper gesagt hatte. Frenchy – und der Phonograph!

Das war das fehlende Glied. Es hatte keinen Sinn mehr, die Tatsachen zu verschleiern; es hatte keinen Sinn zu versuchen zu vertuschen, was nur zu offensichtlich war! Frenchy – das war der Attentäter, und Ericksen hatte mit ihm in Chicago zusammengearbeitet! Und Hathaway würde reden, jetzt, wo Florence an Bord war.

Tom Dennis fing plötzlich an zu zittern. »Komm, Liebes!«, sagte er mit einer seltsamen Stimme. »Komm mit nach unten. Ich habe dir etwas zu sagen.«

Er spürte, dass sie leise schluchzte, und hielt inne. »Was ist denn los, Florence?«

Sie schüttelte nur den Kopf, nahm seinen Arm und begleitete ihn zum Niedergang. Dennis war beunruhigt über ihr Verhalten, und als sie ihre eigene Kabine erreichten, warf sie ihre Arme um ihn, und ein plötzlicher Weinkrampf erschütterte ihren ganzen Körper.

Für einen Moment lang konnte Dennis keine Antwort auf seine Fragen erhalten, bis das Mädchen ihm plötzlich in die Augen sah.

»Ich konnte es dir vorher nicht sagen, Tom! Ich dachte, es wäre vielleicht im Schiffswrack passiert oder sonst irgendwie«, sagte sie mit gebrochenem Herzen. »Aber, armer Vater – seine Füße waren verbrannt, und seine Arme – zumindest weiß ich jetzt, dass die Narben von Verbrennungen stammen! Du hast gehört, was Jerry gesagt hat. Und Vaters Augen machen ihm viel zu schaffen. Manchmal kann er sie gar nicht benutzen, und es scheint ihm wehzutun, wenn sie offen sind. Ich will mir gar nicht vorstellen, dass ihn jemand absichtlich wehgetan hat – «

»Großer Gott!«, brach Dennis ab. »Das ist unglaublich! Aber wenn Frenchy mein Besucher aus Chicago war – «

»Hier, mein altes Mädchen, setz dich! Ich habe dir etwas zu sagen.«

»Ich weiß nicht genau, was es bedeuten soll – aber dennoch kann nur eines bedeuten – «

Er zog das verwunderte, schluchzende Mädchen auf einen Stuhl neben sich und erzählte ihr zum ersten Mal von seinem seltsamen Angreifer in Chicago in der Nacht ihrer Abreise.

Er stellte die Verbindung her – das Auffinden von Ericksen im Abteil des Mannes, der viereckige Koffer und sein Inhalt – und nun die Bemerkungen von Pontifex über den Phonographen, über die der unschuldige Jerry berichtet hatte.

Während sie zuhörte, begannen die Besorgnis und der Kummer von Florence um den hilflosen und scheinbar gequälten Vater in der tiefen Bedeutung der ganzen Angelegenheit aufzugehen.

Sie saß stirnrunzelnd da, während Dennis die kleinen Dinge aus seinem Gedächtnis hervorholte, die er damals kaum beachtet hatte und die ihm aber jetzt so bedeutungsvoll erschienen – sogar die seltsame Gleichgültigkeit von Pontifex, was den Umgang mit Miles Hathaway betraf.

Bei dieser letzten Bemerkung hob Florence den Kopf:

»Ich weiß – das ist mir auch aufgefallen, Tom. Ich habe heute mit Mrs Pontifex darüber gesprochen. Sie machte den Eindruck, dass sie mich von diesem Versuch der Kommunikation abhalten wollte. Und warum? Warum wollen sie nicht, dass wir mit dem armen Vater sprechen?«

»Es wird ohnehin sehr schwierig sein, wegen seiner Augen. Ich werde eine Augenspülung für ihn machen, bis wir einen Arzt erreichen können. Aber warum ihre Haltung? Bei dem Treffen neulich schien alles so ehrlich und freundlich zu sein! Und als ich Mrs Pontifex küsste – «

»Sie ist rot geworden, bei Gott!«, schnappte Dennis plötzlich. »Und was könnte diese Frau zum Erröten bringen – lass mich nachdenken! Jerry hat das ganze Spiel an uns verraten. Der Hinweis liegt in dem, was der Kapitän über deinen Vater sagte, der jetzt, da du an Bord bist, reden wird – «

Er brach abrupt ab, füllte seine Pfeife und zündete sie an. Er saß da und starrte vor sich hin. Nicht umsonst war er im Zeitungsgeschäft. Nicht umsonst war er einer der besten Storyschreiber in Chicago gewesen! Er war darin geschult worden, aus verstreuten Fetzen einen ganzen Stoff zu machen.

»Ich hab's! Hör zu, Florence«, sagte er plötzlich. »Pontifex hat deinen Vater gefunden und ihn entweder in ein Haus gebracht, wo diese Dinge geschehen sind, oder auf dieses Schiff – was auch immer. Sieh den Tatsachen ins Auge, jetzt!«

»Dieses ganze gutmütige Gerede ist nur ein Bluff. Pontifex war damit beschäftigt, das Geheimnis der Position der Simpson von deinem Vater zu erpressen, also schickte er Bootsmann Joe, um dich zu holen; und er schickte diesen hinterlistigen kleinen Mörder, Frenchy, um diesen Phonographen zu holen, der sich in meinem Besitz befindet – warum, wissen wir nicht. Aber aus irgendeinem Grund wollte er ihn haben, und er wollte ihn unbedingt!«

»Ericksen wollte nicht, dass ich dich begleite. Er hat Frenchy in letzter Minute hinzugezogen, um mich aus dem Weg zu räumen – und Frenchy wollte mich ermorden. Das ist eine ins Auge springende Tatsache!«

»Und wobei hat Bootsmann Joe einen Fehler gemacht, wie Pontifex es nannte? Er hat dich nicht allein zurückgebracht; sie wollten dich – allein! Eine zweite wichtige Tatsache.

Warum war das so? Pontifex hat es gesagt – um deinen Vater zum Reden zu bringen!«

»Aber Tom!«, unterbrach Florence schnell. »Vater kann nicht reden!«

»Alles Bluff. Pontifex kann mit ihm kommunizieren, irgendwie. Sie wollten nur nicht, dass wir das tun.«

»Aber genau deshalb wollten sie doch *mich* haben! Und dann, meine Unterschrift auf dem Papier – «

»Noch mehr Bluff!«, stieß Dennis hervor. »Sie haben deinen Vater gefoltert – scheue dich nicht vor dieser Tatsache – und er wollte das Geheimnis nicht verraten.«

»Sie haben dich an Bord geholt und sind losgesegelt, weil sie wussten, dass dein Vater um deinetwillen alles aufgeben würde, um dich aus ihrer Gewalt zu bekommen. Ich bin nur ein Zwischenfall, eine Belastung.«

»Sie haben es nicht eilig. Sie wollen, dass Frenchy zuerst Unalaska erreicht und dort an Bord kommt. Ich würde ihn aber wiedererkennen, und das würde ihnen das Spiel verderben.«

»Sie haben also nicht vor, uns dort anzulanden?«

Sie sprach mit fester Stimme, aber ihr Gesicht war blass.

»Das bezweifle ich«, sagte Tom. »Sie werden aber versuchen, mich dort loszuwerden. Vielleicht nehmen sie dich und deinen Vater mit, um sicher zu sein, dass sie die richtige Position von ihm bekommen haben.«

»Das Ende wäre für dich wahrscheinlich ungefährlich – sie würden die geborgenen Sachen nach Japan oder Kanada oder China verkaufen und dich da an Land absetzten, wo sie hinfahren.«

»Sie könnten sich sogar den unterzeichneten Vertrag halten – zumindest teilweise. Sie würden dir so viel Geld geben, dass es für dich nicht ratsam wäre, ein Gerichtsverfahren einzuleiten, da sie dein Einverständnis mit den Bedingungen haben, und du wirst nie erfahren, wie viel sie für die Bergung bekommen.«

»Verstehst du das? Wenn dein Vater ihnen die richtige Position des Wracks angibt, bist du möglicherweise nicht in Gefahr.«

»Und du, Tom?«

Dennis grinste. »Sie wollen mich aus dem Weg haben. Sie denken, ich würde Ärger machen. Nun, ich *weiß*, dass ich das tun werde! Mach dir keine Sorgen um mich. Sie werden nichts tun, bis sie Unalaska und den Kutter mit den Schätzen hinter sich gelassen haben, verstehst du? Und bis dahin wird der kleine Tommy ihnen das Spiel verdorben haben.«

»Wie?«, fragte Florence mit besorgtem Blick.

»Das weiß ich noch nicht«, sagte Dennis fröhlich. »Wenn ich – «

»Tom! Was hat Pontifex zu dir über das Lesen von Dumas gesagt? Ich weiß genau, wozu sie den Phonographen haben – oh, ich wünschte, ich hätte davon gewusst!«

»Du weißt es? Was?«

»Erinnerst du dich nicht, dass es in einem der Dumas-Romane einen Gelähmten gab, der zweimal für 'Nein' und einmal für 'Ja' mit den Augenlidern blinzeln musste? Ich habe erst heute Nachmittag daran gedacht und wollte es mit Vater ausprobieren!«

»Und diese Schallplatten mit dem Alphabet und den Ziffern darauf – siehst du das nicht?«

»Man legt eine Platte auf, und Vater zwinkert bei dem richtigen Buchstaben und der Zahl, bis er ein Wort und die Position buchstabiert hat – «

»Bei Gott!« Dennis starrte das errötete und aufgeregte Mädchen an. »Bei Gott! Du hast den Nagel auf den Kopf getroffen – und ich habe nie daran gedacht! Wir werden es morgen ausprobieren – «

Florence beugte sich vor, die Farbe glühte in ihrem blassen Gesicht, ihre Augen waren von schneller Erregung und Entschlossenheit geweitet und doch von einem seltsam gleichmütigen Strahlen beherrscht. Ihr ganzer Geist leuchtete in ihren Augen – ihr ganzes seelisches Erbe, ihr Erbe einer eisernen Natur, die durch trotz ihrer

Weiblichkeit in einem fast gefährlichen Maße gehärtet, legiert und verfeinert wurde.

Tom Dennis schaute ihr in die Augen und dachte daran, wie er es an jenem denkwürdigen Nachmittag tat, als sie gesagt hatte: 'Wir werden nur gewinnen, wenn wir etwas wagen; also werden wir alles wagen!'

»Nein, Tom!«, sagte sie fest. »Wir können den Phonographen nicht verwenden! Sie dürfen nicht wissen, dass wir ihn haben, oder sie werden wissen, dass wir ihr ganzes Spiel durchschaut haben!«

»Morgen früh werde ich deine Theorie aus Vaters Mund bestätigen – so wie es in der Geschichte von Dumas war. Wir haben noch zwei oder drei Tage, bis wir Unalaska erreichen. In dieser Zeit dürfen sie keinen Verdacht schöpfen! Beobachte alles, aber sage nichts.«

»Bevor wir Unalaska erreichen, werden wir einen Plan für unser Vorgehen ausarbeiten. Sie haben uns bitteres Unrecht angetan, sie haben uns belogen, sie haben versucht, uns zu ermorden. Und wir werden sie bekämpfen! Bist du einverstanden?«

Tom Dennis lachte plötzlich auf und küsste sie auf die Lippen.

»Darauf kannst du wetten!«, sagte er innig. »Wir werden kämpfen!«

VIII. Miles Hathaway spricht

Kurz vor Mittag des folgenden Tages ging der mondgesichtige Jerry mit dem Besen in der Hand in Richtung der Achterkabinen, um die Messe auszufegen.

Manuel Mendez, der das Deck beaufsichtigte, zückte spielerisch sein Taschenmesser und tat so, als würde er auf Jerry losgehen. Mit einem Schreckensschrei schlug der Junge mit dem Besenstiel nach dem Schienbein des Maats – ein wilder Schlag.

»Lass mich los, du Nigger!«, brüllte er, als die Hand von Mendez seinen Kragen packte.

»Wen nennst du Nigger? Mich?«, fragte Manuel Mendez wütend. »Was glaubst du, was das für ein Schiff ist, hm? Du sagst 'Sir' zu dem Maat, kapiert!«

Eine riesige schwarze Hand umschloss die Kehle des Jungen; Mendez lachte und würgte ihn, bis Jerrys Gesicht lila war.

Dann, nachdem er das gewünschte 'Sir' gehört hatte, schleuderte Mendez Jerry durch die Tür des Niedergangs, was ihn aus dem Blickfeld verschwinden ließ.

Am Fuß der Leiter sah Jerry den Kapitän mit seinen Navigationsinstrumenten kommen, als er zur mittäglichen Beobachtung nach oben ging.

Jerry schlich sich in die nächstgelegene Kabine und versteckte sich. Er wusste, dass die 'Missus' vorne in der Kombüse war und sich um das Abendessen kümmerte.

Als Florence dann zur Achterkabine eilte und sich Tom Dennis mitten auf der Niedergangsleiter positionierte, um sie vor einer herannahenden Gefahr von oben zu warnen, wusste keiner von ihnen, dass der mondgesichtige Jerry ängstlich in Kajüte von Mendez wartete und lauschte, wobei die Tür nur leicht angelehnt war. Und diese Kabine grenzte an die Achterkabine.

»Vater – kannst du einmal für 'Ja' und zweimal für 'Nein' mit den Augenlidern zwinkern? Schnell!«, sagte Florence.

Sie stand vor der unbeweglichen Gestalt ihres Vaters und beobachtete ihn mit ängstlichen, verzweifelten Augen.

Die Augen von Miles Hathaway blinzelten – ganz langsam, ganz leicht, aber deutlich spürbar.

War das ein Zufall oder Absicht?

»Hast du Kapitän Pontifex die Position des Wracks mitgeteilt?«, flüsterte das Mädchen.

Die Augen ihres Vaters schlossen sich zweimal für ein 'Nein'.

Ein plötzlicher Glanz strahlte in ihrem Gesicht, als sie erkannte, dass dies kein Zufall war – dass sie endlich mit ihrem Vater kommunizierte!

»Du hast alles gehört, was bei dem Treffen hier passiert ist«, beeilte sie sich fortzufahren. »War es ihm ernst mit seinen Worten? Will er seine Versprechen uns gegenüber halten?«

Die Augenlider des Gelähmten flatterten zweimal.

»Haben sie dir etwas angetan?«

'Ja.'

»Können wir irgendjemandem hier an Bord trauen?«

Keine Antwort. Offensichtlich war sich Hathaway in diesem Punkt nicht sicher.

»Haben sie die Absicht, mir etwas anzutun?«

'Ja.'

»Das haben sie also! Und Tom auch?«

'Ja. Ja.'

»Tom auch?« Sie wiederholte die Worte, um es nochmals zu betonen. Das Mädchen erbleichte leicht.

»Werden sie uns etwas antun, bevor wir Unalaska erreichen?«

'Nein.'

Plötzlich hörte Florence, wie Tom Dennis sich laut bemerkbar machte. Sie hatte gerade die Pfeife ihres Vaters gefüllt und ihm zwischen die Lippen gesteckt. Als sie ihm ein Streichholz hinhielt, während er paffte, wurde die Tür hinter ihr aufgerissen, und Tom kam in die Kajüte, wobei er den Kabinenjungen Jerry vor sich herschob.

»Er hat alles gehört, was du gesagt hast, Florence«, sagte Dennis und betrachtete den zusammenzuckenden Jungen.

»Also, Jerry, was soll das heißen, dass du uns nachspionierst? Wer hat dich da rein geschickt, um zu belauschen?«, sagte Dennis.

»Niemand.« Jerry begann zu flennen. »Aber dieser Nigger Mendez hat mich die Treppe hinuntergestoßen«, brachte er hastig heraus, »und ich habe den Skipper kommen sehen und bin da reingekrochen.«

»Ich hatte nicht vor, bei etwas zuzuhören! Und ich werde ihnen auch nichts sagen, wenn ihr mich gehen lasst. Verpfeift mich nicht!«

»Mein Gott, Jerry, ich würde dir nie wehtun«, sagte Dennis, aber er runzelte die Stirn, als er sprach.

Er sah Florence an und gestikulierte hilflos. Wenn der Junge es verriet – dann war ihr Spiel aus!

»Jerry«, sagte das Mädchen, beugte sich plötzlich vor und küsste den staunenden Jungen, »magst du Kapitän Pontifex?«

»Nein, das tue ich nicht! Ich hasse ihn! Und wenn wir jemals irgendwo ankommen, werde ich weglaufen.«

»Er hasst uns auch, Jerry. Willst du mit uns zusammen von diesem Schiff fortgehen?«

»Aber sicher, Ma'am. Darf ich?«

»Ja, aber nur wenn du zu niemandem ein Wort über das sagst, was du gerade gehört hast. Wenn du das tust, werden Mr Dennis und ich darunter leiden, und du wirst keine Chance haben, wegzulaufen.«

»Ich schwöre es, Ma'am.« Und Jerry ließ den Worten ernsthaft Taten folgen.

Eine plötzliche Erregung glänzte in seinen Augen. »Sie haben euch die ganze Zeit über betrogen. Ich weiß es; ich habe sie reden hören! Sie wollen Sie, Ma'am, diesem Frenchy überlassen, der früher hier der Koch war. Ich habe ihn nie gesehen, aber sie reden viel über ihn.«

»In Ordnung, Jerry«, sagte Dennis hastig. »Hau ab, bevor der Skipper zurückkommt.«

Der Junge rannte weg. Dennis blickte in das gerötete und verletzt aussehende Gesicht von Florence.

»Mich – diesem Mann überlassen!«, sagte sie mit schwacher Stimme. »Oh! Das darf doch nicht wahr sein – «

»Stimmt, altes Mädchen – das darf nicht wahr sein.«

Dennis machte eine vorsichtige Geste, als er Schritte auf dem Gang hörte.

»Überlasse die Sache mir, das ist alles. Es tut mir leid, dass du das gehört hast, Florence; aber das wird schon wieder.«

»Nimm lieber die Pfeife von deinem Vater, sonst vergessen wir es. Es gab gerade acht Glockenschläge, und wir gehen jetzt besser zum Abendessen.«

Der Kapitän trat ein, nickte lächelnd und zwirbelte an seinem Schnurrbart.

»Unalaska übermorgen, wenn sich der Wind hält«, verkündete er, und seine tief in den Höhlen liegenden Augen huschten von einem Gesicht zum anderen, als ob sie dort nach Geheimnissen suchen würden.

»Ist alles in Ordnung?«

»Alles gut, wir sind nur hungrig, Skipper.«

Dennis wandte sich der Tür zu. »Kommen Sie mit?«

»Erst in fünf Minuten«, sagte Pontifex. »Ich will mir diese Zahlen notieren und unsere Position ausrechnen.«

Während des anschließenden Essens bewunderte Tom Dennis die Art und Weise, in der Florence ihre kühle Gelassenheit bewahrte, ohne auch nur ein Anzeichen auf die schrecklichen Torturen, denen sie in letzter Zeit ausgesetzt war.

Und der kleine Jerry, dessen Gesicht bleich und verängstigt war, bediente den Tisch und warf gelegentlich einen bewundernden Blick auf die junge Frau; die Gefahr, die von Jerry ausgehen könnte, war offensichtlich gebannt.

Es wäre es nicht ratsam, ein weiteres Gespräch mit Miles Hathaway zu riskieren, erkannte Dennis.

Als er an diesem Nachmittag mit Florence über die Angelegenheit sprach, stellte er fest, dass keine Spur von Aufregung mehr in ihr zu finden war; sie war kühl und wachsam und hatte sich viel besser im Griff, als Dennis selbst.

Die Wut in ihm war so tief und stark, dass es ihm schwerfiel, seine Leidenschaft zu zügeln, aber Florence war ganz kühl und sachlich geworden.

»Es ist ganz klar, Tom«, sagte sie leise, »dass wir Vater in Unalaska von diesem Schiff holen müssen. Wenn der Zoll-Kutter* dort ist, solltest du mit dem Kommandanten sprechen und ihm genau erzählen, was passiert ist, und Vater an Land bringen lassen.«

[* ein kleines, mit leichten Waffen versehenes Boot, um Zollangelegenheiten durchzusetzen und Schmuggler zu jagen]

»Wenn der Kutter nicht da ist, sagte Florence, werden die Hafenbehörden – «

» – wahrscheinlich zu langsam sein«, warf Dennis ein.

»Und noch etwas – dieses Schiff hat eine Tauchausrüstung an Bord, mit allem, was man für die anstehenden Arbeiten braucht. Ich will mit nach dem Wrack der Simpson tauchen, Florence. Ich glaube, dass Pontifex nur zu gerne bereit wäre, uns alle in Unalaska an Land zu setzen, wenn er den Standort des Wracks in Erfahrung bringen kann.«

»Aber würde er Vater vertrauen, ihm den richtigen Ort zu nennen? Würde er uns oder Vater nicht, als Geiseln festhalten?«

Dennis nickte stirnrunzelnd. Nach einem Moment erhob er sich.

»Liebes, geh bitte sofort zu deinem Vater und sage ihm, dass er Pontifex unbedingt den richtigen Standort des Wracks mitteilen muss. Sag ihm, dass ich die ganze Angelegenheit so handhaben werde, dass Pontifex am Ende seine gerechte Strafe bekommt; aber im Moment ist es wichtig, dass Pontifex uns nicht verdächtigt.«

»Und du, Tom? Was wirst du jetzt tun?«

»Ich werde den Kapitän aufsuchen – ich glaube, er ist an Deck. Wenn dein Vater eingewilligt hat, meiner Bitte nachzukommen, ruf bitte sofort nach uns.«

Dennis eilte zum Niedergang und stieg nach oben auf das Deck. Dort stand Pontifex – groß und imposant – und streichelte seinen gelockten schwarzen Schnurrbart, während er mit Mr Leman sprach.

Dennis näherte sich den beiden mit seiner herzlichsten Art.

»Nun, Gentlemen, gute Nachrichten!«, sagte er mit freundlicher Stimme.

»Erinnern Sie sich, Kapitän, dass Sie mir gegenüber den Schriftsteller Dumas erwähnten, als wir an Bord kamen?«

»Das hat uns auf eine Idee gebracht, und ich glaube, dass Mrs Dennis in der Lage sein wird, mit ihrem Vater zu kommunizieren.«

»Ich gehe sogar davon aus, dass sie uns jeden Moment von dort unten zu sich ruft, um uns den Standort des Wracks mitzuteilen.«

»Ziemlich gut, was?«

Mr Leman rieb sich die Hakennase. Der Skipper warf Dennis einen scharfen Blick zu und zwang sich dann zu einem Lächeln.

»Aber natürlich, Mr Dennis! Ich bin wirklich sehr froh, das zu hören. Wie wurde er dazu gebracht?«

»Indem Captain Hathaway auf bestimmte Fragen ein 'Ja' oder ein 'Nein' mit den Augen zwinkert, genau wie es der gelähmte Noirtier in dem Roman von Dumas 'Der Graf von Monte Christo' beim Notar macht«, sagte Tom Dennis.

»Eigentlich recht einfach, wenn wir nur darüber nachgedacht hätten, was?«

»Und, Kapitän, Mrs Dennis und ich sind beide der Meinung, dass sie, wenn wir Unalaska erreichen, dort besser mit ihrem Vater an Land gehen sollte. Sie macht sich ziemliche Sorgen um seinen Zustand, und sie könnte an Land Annehmlichkeiten in Anspruch nehmen, die es hier nicht gibt.«

Pontifex nickte abwesend. Seine blassen Gesichtszüge wirkten sehr unruhig.

»Dann würden Sie mit uns weiterfahren?«, fragte er nach einem Moment.

»Natürlich!«, stimmte Dennis herzlich zu. »Wollt ihr mich nicht?«

»Und ob wir das wollen!«, erwiderte der Kapitän eifrig und sein Gesicht hellte sich auf. »Wir brauchen jeden Mann an Bord, wenn die Arbeit beginnt.«

»Gut – dann ist es abgemacht!«, rief Dennis aus. »Wann erreichen wir den Unimak-Pass?«

»Morgen Abend«, meldete sich Mr Leman zu Wort und begann, über das Wetter zu sprechen.

Fünf Minuten später erschien Florence an Deck, lächelte und nickte strahlend, als die beiden Offiziere ihre Mützen berührten, und kam mit gespieltem Eifer auf sie zu.

»Ich kann mit Vater sprechen!«, rief sie aus, als wäre die Entdeckung neu. »Kommen Sie mit runter, meine Herren!«

»Er weiß genau, was ich sage, Tom, und zwinkert einmal für 'Ja' und zweimal für 'Nein'!«

»Ich habe ihn gefragt, ob er uns den genauen Standort des Wracks nennen kann, und er hat 'Ja' gesagt; deshalb bin ich sofort hochgekommen.«

»Ausgezeichnet, Mrs Dennis! Ich gratuliere Ihnen«, rief der Kapitän aus.

»Mr Leman kann das Deck nicht verlassen. Ich werde Mr Mendez rufen, wenn wir hinuntergehen.«

»Sehr gut, Mrs Dennis! Ihr Mann hat uns gerade von dieser Methode der Kommunikation erzählt. Ziemlich genial, wirklich!«

»Übrigens, haben Sie Mrs Pontifex gesehen?«

Mr Leman, der die korrekte Anrede der Kapitänsfrau völlig außer Acht ließ, rief als schnelle Antwort:

»Die 'Missus' ist oben in der Kombüse. Ahoi, Corny! Gib die Neuigkeiten an die 'Missus' weiter!«

So wurde die Neuigkeit weitergegeben, und die große Gestalt von Mrs Pontifex erschien in der Nähe der Kombüse, als Florence die Leiter hinunterstieg.

Mit der 'Missus' am Ende der Prozession gingen die anderen weiter in die Achterkajüte, wobei der Skipper unterwegs an die Tür von Manuel Mendez klopfte und seine sofortige Anwesenheit anordnete.

»Am besten machen wir jetzt gleich alles klar«, schlug der Kapitän vor, als sie vor Miles Hathaway und um seine unbewegliche Gestalt herum standen.

»Ich hole eine Karte heraus, Mrs Dennis – «

Pontifex durchsuchte seinen Kartenschrank und konnte die gewünschte Karte zuerst nicht finden, bis Manuel Mendez mit seinem ewigen, monströsen Grinsen erschien. Dann holte Pontifex eine Karte von den Aleuten hervor.

»Nun, Madame«, wandte er sich an Florence, »während ich Ihrem armen alten Vater die Zahlen vorlese, halten Sie sich bereit, um auf die Antworten zu warten. Sind Sie bereit? Sehr gut!«

»Nehmen wir uns zuerst den Breitengrad vor – so lässt sich die Position leichter bestimmen. Also – liegt die Position nördlich von vierundfünfzig?«

»Nein«, erwiderte Florence fast augenblicklich.

»Hm! Das schließt alles nördlich von Dutch Harbour aus, nicht wahr?«

»Nördlich von zweiundfünfzig?«

»Nein«, antwortete Florence.

»Das reicht, Ma'am. Jetzt lassen Sie uns jetzt um den Längengrad kümmern.«

»Westlich von Greenwich?«

»Ja.«

»Zwischen eins vierundsiebzig und eins achtundsiebzig?«

»Nein.«

»Zwischen eins-achtundsiebzig und -achtzig?«

»Ja!«, rief Florence aus.

»Es wird warm, was?« Pontifex sprach hastig und mit einer leichten Rötung auf seinen blassen Wangen.

»Ah! Es ist bei der Inselgruppe südöstlich von Tanaga. Nun, Mr Hathaway, folgen Sie bitte meinem Bleistift mit den Augen von Insel zu Insel, hier entlang – «

Der Kapitän ließ die Bleistiftspitze langsam von einer kargen Felseninsel zur anderen wandern, bis ihn ein schneller Ausruf von Florence innehalten ließ. Er hielt den Bleistift fest und blickte Miles Hathaway entschlossen ins Gesicht.

»Ist sie das?«, fragte er mit einem stählernen Klang in seinem Ton. »Dieser – der südlichste der Felsen östlich von Kavalga?«

Die Blicke aller richteten sich auf Miles Hathaway, der einen Moment lang dem starren Blick des Pontifex mit unbewegten Augen begegnete. Dann signalisierte Hathaway langsam:

'Ja.'

Ein tiefes Aufatmen erfüllte die Kabine, aber die angespannte Haltung von Pontifex änderte sich nicht. Er hielt seinen Blick unablässig auf Hathaway gerichtet. Seine Stimme klang wie eine Herausforderung, stählern und befehlend: »Ist das die richtige Position, Kapitän Hathaway – auf dein Ehrenwort?«

'Ja', signalisierte Hathaway sofort.

Kapitän Pontifex drehte sich um. Er rollte die Karte zusammen und warf sie auf den Tisch. »Hathaways Wort ist so gut wie mein eigenes – und das bedeutet *gut*«, sagte er ruhig.

»Nun, Mrs Dennis, gehe ich recht in der Annahme, dass Sie mit Ihrem Vater in Unalaska an Land gehen wollen?«

»Ja.« Florence sah ihn lächelnd an.

»Es wird mir leidtun, die Bergungsarbeiten zu verpassen, Kapitän Pontifex, aber ich möchte medizinische Hilfe für meinen Vater erhalten und ihn an Land persönlich betreuen. Er ist für mich wichtiger als jedes Geld, verstehen Sie?«

»Natürlich«, sagte Pontifex und nickte.

Die 'Missus' betrachtete ihn mit unverhohlener Überraschung, während Mendez ganz aufgehört hatte zu lächeln. Das war für sie beide der erste Hinweis darauf, dass jemanden an Land gesetzt werden wird.

Pontifex streichelte seinen Schnurrbart und blickte sie mit seinen tief liegenden Augen ironisch an.

»Mrs Dennis und Kapitän Hathaway werden in Unalaska an Land gehen«, sagte er. »Mr Dennis kommt als ihr Vertreter mit uns, um an den Arbeiten bei der Simpson teilzunehmen. Ich denke, damit ist unsere Besprechung beendet.«

Fünf Minuten später stand Florence in ihrer eigenen Kabine Tom Dennis gegenüber und legte ihre Hände auf seine Schultern.

»Mein Lieber, ich musste hart arbeiten, um Vater zur Zustimmung zu bewegen«, sagte sie leise. »Aber er hat meiner Liebe und meinem Vertrauen in dich nachgegeben. Nun sag mir – warum hast du es getan? Willst du wirklich allein mit diesen Männern gehen, auf diesem Schiff?«

Dennis füllte seine Pfeife, beugte sich vor, um ihre Lippen zu küssen, und zündete dann ein Streichholz an.

»Das tue ich ganz sicher, meine Liebe.«

»Die Chancen stehen tausend zu eins dafür, dass der Zoll-Kutter *nicht* in der Unalaska-Bucht sein wird«, sagte er dann. »In diesem Fall werden du und dein Vater an Land gehen, während ich mit der Pelican segeln werde.«

»Du nimmst meinen großen Koffer mit dem Plattenspieler und den Schallplatten mit an Land. Auf diese Weise kann dein Vater seine ganze Geschichte den zuständigen Behörden erzählen. Das wird natürlich einige Zeit in Anspruch nehmen; es wird dann noch einige Zeit dauern, den Zoll-Kutter zu holen, selbst über Funk.«

»Ich glaube, dass unter den gegebenen Umständen der Anspruch deines Vaters als vollkommen legal anerkannt werden wird. Du kennst die Lage des Wracks.«

»Mit der Geschichte deines Vaters als Grundlage für weitere Handlungen kannst du dich ordnungsgemäß an die Behörden wenden. Was auch immer dein Vater gegen Pontifex vorbringt, kann unter Eid bestätigt werden. Deine eigene Unterschrift unter den Vertrag mit Pontifex wurde durch Betrug und Täuschung erlangt.«

»Verstehst du? Tu nichts überstürzt. Gib uns volle zwei Wochen Zeit, um dieses Schiff mit geborgenen Sachen zu beladen.«

»Dann musst du schnell handeln und eine Klageschrift einreichen, oder wie auch immer man eine Pfändung des Schiffes nennt.«

»Verklage Pontifex sowohl im Namen deines Vaters als auch in unserem und fordere alles, was er in deinem eigenen Namen bisher herausgeholt hat.«

»Wir schnappen uns sein Schiff und seine geborgenen Sachen auf einen Schlag, verstanden?«

»Während das vor Gericht verhandelt wird, schlachten wir gleichzeitig die John Simpson aus und holen uns den Rest, der noch drin steckt.«

»In Vancouver gibt es einen Zeitungsmann namens Margate; ich geb dir Telegramme, die du zu ihm schicken kannst.«

»Er wird zweifellos in der Lage sein, Unterstützung zu bekommen, um einen alten Kahn oder so etwas zu chartern – und während Pontifex mit uns vor Gericht steht, wird Margate die restlichen Sachen aus der Simpson plündern, noch bevor die Öffentlichkeit mitbekommt, wo die John Simpson liegt. Siehst du?«

Die Augen des Mädchens waren groß vor Staunen, Bewunderung und Freude. Dann kam die Angst in ihren Tiefen zum Vorschein.

»Der Plan ist wunderbar, Tom! Aber du – in der Zwischenzeit?«

Dennis grinste.

»Ich? Ich werde den alten Pontifex schon auf Trab halten, keine Sorge!«

IX. In der Bucht von Unalaska

Endlich erreichten sie Unalska!

Die gewundene, enge und an den Seiten schroff aufragende Passage, die sich fast zwei Meilen zwischen den Felsen hindurchschlängelte, lag hinter uns, und nun schaukelte das gute Schiff Pelican vor der kleinen Stadt, die kaum mehr als ein Dorf war, an ihrem Anker.

In der kleinen Bucht war kein anderes großes Schiff zu sehen. Es gab nur mehrere Fischerboote, die an ihren Anlegestellen festgemacht hatten.

Der arktische Sommer, der so intensiv und lebendig war, als wolle er für seine kurze Dauer entschädigen, war zu Ende. Dennoch wehte ein süßer Blumenduft von der Küste herüber; die kleine Stadt erstrahlte noch immer in blühenden Gärten, und auf den Hügeln, welche die Stadt umgaben, wuchsen bunte Blumen und das satte Grün der Gräser.

Mit großer Sorgfalt wurden Miles Hathaway und sein Rollstuhl in ein Boot hinabgelassen. Tom Dennis und Florence folgten zusammen mit Kapitän Pontifex, der seine Dienste angeboten hatte, um eine Unterkunft für Florence und ihren Vater zu finden. Am Kai angekommen, übernahm Dennis den Rollstuhl, und alle drei fuhren stadteinwärts, wobei Pontifex den großen Koffer von Dennis trug.

»Es ist ein gutes Gefühl, wieder festen Boden unter den Füßen zu haben«, sagte Dennis. »Wie lange wollen Sie hier bleiben, Skipper?«

»Wir werden heute Nacht mit der einsetzenden Ebbe hinausfahren«, erwiderte Pontifex. »Ich erwarte, dass ich hier den Koch abholen kann, der mit einem der Inseldampfer Unalaska erreichen sollte, und ich will unsere Post und unsere Papiere einsammeln.

Wenn wir es schaffen, Mrs Dennis heute Nachmittag bequem unterzubringen, wird uns nichts mehr aufhalten. Wir müssen nur noch ihren Koffer abstellen.«

»Außerdem«, fügte er mit gesenkter Stimme hinzu, »bin ich darauf bedacht, nicht zu verraten, was wir vorhaben. Noch bevor wir die Insel verlassen können, würden wir sonst von Schonern verfolgt werden. Falls Mrs Dennis etwas Geld haben möchte – «

»Danke, Kapitän, ich brauche nichts«, sagte Florence leise.

Der kleine Jerry war nicht an Land gelassen worden, sehr zur Enttäuschung von Florence, die den Jungen unbedingt retten wollte. Dennis hatte jedoch bereits einen Aktionsplan ausgearbeitet, vor allem, weil er der Meinung war, dass die Aussage des Jungen den Äußerungen von Florence vor den Behörden enormes Gewicht verleihen würde.

Eine Stunde später, als der Nachmittag schon halb vorbei war, hatten es sich Florence und Kapitän Hathaway als zahlende Gäste in einem Häuschen nicht weit hinter der alten griechischen Kirche gemütlich gemacht. Kapitän Pontifex war inzwischen in eigener Sache unterwegs.

»Mein Lieber, bist du dir *sicher*?« Im vertraulichen Schutz ihres gemieteten Zimmers suchte Florence den Blick von Tom Dennis, während der unbewegliche Miles Hathaway sie von seinem Stuhl aus beobachtete.

Tom schien es, als ob ihre Augen ihn durchbohren und seine Seele erforschen würden.

»Denk daran, lieber Tom, dass ich dich nicht verlieren darf. Du bist mein einziger fester Anker in der Welt; deine Liebe und du sind für mich notwendig«, sagte sie fest.

»Bist du dir wirklich sicher?«

»Bist du sicher, dass es nicht das Beste wäre, hier an Land zu gehen und Pontifex sofort in Gewahrsam nehmen zu lassen?«

»Bist du dir sicher, dass wir den Gedanken an Geld und Bergung nicht besser erst einmal beiseitelassen und unser eigenes Leben und unsere Sicherheit an die erste Stelle setzen sollten?«

»Bist du sicher, dass du zu mir zurückkommen kannst, du meine Liebe?«

Obwohl sie eine tapfere Seele war, stockte ihre Stimme bei diesen letzten Worten.

»Meine liebe Frau, ich bin mir sicher«, sagte Dennis kurz.

»Ich werde das Spiel sicher spielen und sie nichts von dem ahnen lassen, was ich weiß, und bevor es zu einer Krise kommt, wirst du gehandelt haben.«

»Zwei Wochen – denk daran!«

»Und du glaubst, Pontifex wird keinen Verdacht schöpfen, wenn Jerry heute Nacht verschwindet?«

»Er würde nicht zustimmen, dich und deinen Vater hier zusammen zurückzulassen, wenn er Verdacht schöpfen würde, da er weiß, dass ihr euch verständigen könnt.«

»Er wird denken, dass Jerry weggelaufen ist, und wird zweifellos damit rechnen, den Jungen aufgreifen zu können, wenn er zurückkommt – er wird ansonsten zu sehr darauf bedacht sein, die John Simpson zu erreichen, um sich um irgendwelchen Verdacht zu kümmern.«

»Es ist ihm nicht in den Sinn gekommen, dass du deinem Vater irgendwelche ungewöhnlichen Fragen stellen würdest, und dein Vater kann sicherlich nichts von dem, was geschehen ist, erzählen, wenn er nicht gefragt wird.«

»Du hast den Phonographen und die Schallplatten in dem Koffer, also mach dir keine Sorgen um mich, Liebes. Ich werde meine Rolle spielen.«

»Einverstanden, mein Lieber«, sagte sie.

Sie beugte sich vor und schaute ihm ins Gesicht.

»Wir werden unsere letzten Stunden zusammen verbringen, bevor du gehst, und du kannst dich dann um den armen kleinen Jerry kümmern.«

Eine Stunde später hörte ein alter Fischer Tom Dennis zu und schüttelte hartnäckig verneinend den Kopf.

»Das mache ich nicht, Sir«, beteuerte er mit Nachdruck. »Ich kann nicht ohne Licht im Hafen herumfahren – «

»Aber Ihre Laterne könnte für fünf Minuten ausgehen!«

»Nicht meine, Sir. Außerdem ist es kein Spaß, einem Mann zu helfen, von einem Walfänger zu entkommen! Das ist es wirklich nicht.«

»Ich würde das Geld schon gerne verdienen, aber ich kann mich nicht gegen das Gesetz stellen.«

Florence warf ihrem Mann einen bedeutungsvollen Blick zu.

»Tom, bitte lass mich einen Moment mit ihm unter vier Augen sprechen!«

Achselzuckend ging Dennis davon.

Als er auf und ab ging, sah er, dass Florence sehr ernsthaft mit ihm sprach und dass der griesgrämige Fischer sehr unruhig wirkte. Doch dann grinste der Fischer, nickte und schüttelte Florence die Hand. Er hatte zugestimmt.

»Was in aller Welt hast du zu ihm gesagt?«, fragte Dennis, als sie weggingen.

»Oh, ich habe ihm klargemacht, dass er eine gute Tat vollbringen würde – das ist alles.«

Eine Welle des Lachens tanzte wie Sonnenlicht über ihr Gesicht. »Nach dem, was du ihm gesagt hast, Tom, dachte der arme Mann, er würde eine Straftat begehen!«

Dennis gluckste. »Ich glaube, ein Mann ist zu allem bereit, wenn du ihn anlächelst und ihn anflehst, es zu tun! Nun, du hast recht, was die gute Tat angeht, und ich bin froh, dass das geklärt ist.«

»Lass uns jetzt an Land gehen, um etwas zu essen zu besorgen, dann gehe ich an Bord.«

Der Kapitän hatte versprochen, ein Boot für Dennis an Land zu schicken, und als die Dunkelheit hereinbrach, signalisierte er der Brigg vom Dock aus, während Florence an seiner Seite stand.

Fünf Minuten später legte ein Walboot an, mit Ericksen am Heck.

»Auf Wiedersehen, mein Lieber, und Gott möge dich sicher zurückbringen«, sagte Florence leise, als sie ihn zum Abschied küsste.

Dennis antwortete mit einem beruhigenden Lächeln. »Du hast meine kleine Taschenlampe, nicht wahr?«

»Alles wie geplant, mein Herz. Auf Wiedersehen!«

Dennis kletterte in das Boot, das wendete und zurück zur Brigg fuhr.

Florence stand auf dem Steg und sah zu. Sie winkte ein letztes Mal mit der Hand, bevor das Boot unter der Silhouette der Pelican außer Sichtweite verschwand, dann drehte sie sich um und ging langsam zum Ufer.

Dort blieb sie jedoch im Schatten der langen Lagerhäuser stehen, in denen sich schon die Knochen aus anderen Walfangschiffen türmten.

Die Dunkelheit senkte sich über die Bucht, und die Lichter der kleinen Stadt begannen unter den Hügeln zu schimmern und zu glänzen.

Draußen auf dem Wasser leuchteten die Lampen der Pelican rot und weiß in der Dämmerung.

War der Koch, Frenchy, an Bord gekommen? Florence wusste es nicht. Sie wusste nur, dass Tom Dennis dort war, unter Männern, die es zweifellos nicht gut mit ihm meinten; ob sein potenzieller Mörder Unalaska rechtzeitig erreicht hatte, um sich dem Schiff anzuschließen, konnte sie nicht sagen.

Sie wartete und zitterte ein wenig, bis das rote Seitenlicht allmählich verschwand. Bald leuchteten die Lichter grün und weiß – und sie wusste, dass die Ebbe eingesetzt und sich das Schiff in Ausfahrtrichtung gedreht hatte.

Es wehte eine leichte Brise, aber stark genug, um die Brigg hinaus aufs Meer zu tragen.

Plötzlich erhellte eine Fackel das Vorderdeck des Walfängers.

Die Stimme von Bootsmann Joe schwebte mit einer seltsamen Süße über das Wasser, zu der sich die Stimmen anderer Männer gesellten. Sie wurden von den kehligen Stimmen der Kanakas unterbrochen, die versuchten, den Ton zu halten; während das Klackern der Ankerwinde und die sich langsam bewegenden Lichter verrieten, dass der Anker gelichtet wurde.

'We cracked it on, on a big skiute,
To me hoodah, to me hoodah!
We cracked it on, on a big skiute,
Hurrah for the Black Ball line!
Blow, my bullies, blow,
For California oh!
There's plenty of gold
As I've been told,
On the banks of the Sacramento-o!'

Bald wurde der Gesang an der Winde von anderen Stimmen übertönt – dem stählernen Klang von Pontifex, dem Brüllen von Manuel Mendez, den schrilleren Tönen von Corny und anderen, wenn Befehle wiederholt und die Topsegel gesetzt wurden. Das Stimmengewirr wurde immer deutlicher.

»Beeilt euch mit dem Royalsegel!«, kam die Stimme von Pontifex. »Geht an die Lee-Brassen und trimmt sie – beeilt euch!«

»Aye, Sir!«

»Vorsegel und Gaffsegel bereit, Sir«, kam die Stimme von Leman. »Anker lichten!«

Dann ein wirres Durcheinander von Befehlen, die sich auf die Tätigkeiten bezogen, um das Schiff fahrbereit zu machen und in den Wind zu bringen.

Und wieder lauter Gesang:

Haul upon the bowline, Kitty lives at Liverpool,
Haul on the bowline, the bowline haul!
Haul upon the bowline, Kitty lives at Liverpool,
Haul on the bowline, the bowline haul!

Atemlos beobachtete Florence die Dinge und lauschte.

Würde Tom es ohne Probleme schaffen? Würde der ziemlich gefährliche Plan gelingen, den kleinen Jerry sicher an Land zu bringen?

Die Lichter des Schiffes bewegten sich nun langsam auf den Eingang der gewundenen, steilen Passage zu. Kapitän Pontifex hatte selbst das Kommando, denn die Passage erforderte ein scharfes Wenden und eine geschickte Handhabung; seine stählerne Stimme drang durch den leichten Wind und durch die Stille der nordischen Nacht. Florence strengte ihre Augen an, um in der Dunkelheit etwas sehen zu können. Die Zeit war jetzt gekommen.

»Achtung alle! Ran ans Steuerruder, da! Hart zur Leeseite!«

Florence konnte sich ausmalen, was im Moment auf dem Schiff und mit den Segeln geschah. Die Position der Lichter zeigte ihr, dass die Brigg in den Wind kam. Das laute Rufen der üblichen Befehle würde jetzt bei der Fahrt durch die Enge folgen.

Das Manöver dauerte keine zehn Minuten, denn die Pelican wurde geschickt gesteuert. Die dabei zusehenden Florence kamen diese zehn Minuten jedoch wie eine Ewigkeit vor.

Die Stimmen wurden leiser in der Ferne, die Lichter des Walfangschiffs wurden zu winzigen, schimmernden Punkten, als es sich langsam entfernte und schließlich verschwunden war.

Plötzlich erschien unten auf der Wasseroberfläche ein winziges, stecknadelgroßes Zeichen – ein Lichtblitz, der augenblicklich wieder verschwand. Es blitzte erneut auf und verschwand wieder.

Das Mädchen, das sie beobachtete, atmete tief ein – ein Seufzer von fast quälender Erleichterung folgte, als sich die Spannung, die sie festhielt, rasch löste.

Danach geschah nichts mehr. Die Pelican war in der gewundenen Fahrrinne verschwunden, obwohl Fetzen von Gesang zurückkamen, als Bootsmann Joe die Shantys anführte, die sie auf den neuen Kurs brachten. Über dem Wasser herrschte Dunkelheit und Stille; von irgendwoher aus der Stadt hob ein winziger Phonograph ein klirrendes Stück Musik in die Nacht.

Florence ging auf den Steg hinaus, immer noch zitternd unter der nervlichen Anspannung dieser Momente.

Fünf Minuten vergingen – fünf unerträglich schleppende Minuten. Dann vernahm sie vom Meer her das Tropfen und Plätschern gedämpfter Ruderschläge und machte sich leise bemerkbar.

»Alles klar, Ma'am«, kam ein heiserer Ruf.

Ein dunkler Schatten tauchte auf, und man konnte die Stimme des ergrauten Fischers hören:

»Ich dachte, es wäre besser, überhaupt kein Licht zu zeigen, Ma'am. So ist es weniger wahrscheinlich, dass Fragen gestellt werden – «

»Haben Sie ihn?«

»Aye. Können Sie ihm helfen, Ma'am? Dem Jungen ist sterbenskalt – «

Florence beugte sich hinunter und ergriff eine eisige Hand.

»Donnerwetter, ich dachte schon, meine Beine wären erfroren!«, kam die klappernde Stimme von Jerry.

Mit all ihrer überraschenden Kraft zog ihn das Mädchen herauf, und er kam neben ihr hoch.

»Ich war steif vor Angst!«, sagte er.

»Sie sind weg?«, fragte der alte Fischer.

Florence drehte sich um und nahm seine mit Hornhaut überzogene Hand. »Ich danke Ihnen«, sagte sie schlicht. »Ich glaube, Mr Dennis wollte, dass ich Ihnen das gebe – «

»Nein, Ma'am, dafür will ich kein Geld!«, protestierte der andere. Aber Florence zwang ihm das Geld auf, gab ihm noch einen letzten Händedruck und drängte Jerry in Richtung Wärme und trockene Kleidung.

Die Zähne des Jungen klapperten immer noch so stark, dass ein Gespräch unmöglich war.

Als sie die Unterkunft erreichten, in der Florence bereits ein Zimmer für Jerry reserviert hatte, gab sie ihm einen alten Anzug, den Dennis für ihn zurückgelassen hatte, und überließ ihn alleine, damit er sich umzuziehen konnte.

»Beeil dich!«, rief sie, als sie ging. »Ich will alles darüber wissen!«

»J-j-ja, Ma'am«, murmelte Jerry.

Zehn Minuten später stolperte Jerry, halb aufgewärmt und in trockene Kleidung gehüllt, mit verlegenem Gesicht in das Zimmer, in dem Florence neben ihrem unbeweglichen Vater saß.

Die Augen von Captain Miles Hathaway ruhten auf Jerry.

»Komm her zum Feuer.« Florence setzte ihn auf einen Stuhl neben dem Ölofen, der den Raum wärmte. »Nun sag schon! Ist alles gut gelaufen?«

»Ja Ma'am, ich denke schon.«

Jerry grinste. »Das heißt, soweit ich es weiß. Für mich sicher schon. Wissen Sie, Mr Dennis hatte mir gesagt, was ich tun soll.«

»Kurz bevor sie alle Leute riefen, habe ich in der Kombüse alles durcheinandergebracht, und der neue Koch – «

»Der neue Koch ist also gekommen?«, warf Florence ein, ein wenig blass.

»Ja, Ma'am. Frenchy, so nannten sie ihn.«

»Er und der Steward sind also mit den anderen an die Leinen gegangen, und die 'Missus' war stinksauer, weil die Kombüse nicht in Ordnung war, und so kam sie, um sich darum zu kümmern, und ich schlich mich zu den Kajüten und traf Mr Dennis.«

»Er hatte das Heckfenster offengelassen, und er gab mir eine elektrische Lampe und eine Rettungsboje, die er nach Einbruch der Dunkelheit von der Heckreling heruntergeholt hatte.«

»Also legte ich den Rettungsring um mich und kletterte aus dem Fenster, hing mich an die Leine, die Mr Dennis befestigt hatte, und wartete, bis er mir das Kommando gab.«

»Menschenskind, hatte ich eine Scheißangst!«

»Der Kapitän war direkt über meinem Kopf und redete mit Frenchy und sagte: 'Du brauchst dich nicht aufzuregen, Dumont. Du musst erst ihren Mann loswerden, wie du es in Chicago hättest tun sollen.'«

»Und Frenchy fragt: 'Wo ist er?'«

»Der Kapitän sagte: 'Unten, glaube ich, aber mach jetzt noch nichts, denn ich habe vor, ihn im Taucheranzug hinunterzuschicken, wenn wir mit der Arbeit beginnen.'«

»Dann lachten beide, und in diesem Moment gab mir Mr Dennis das Zeichen zum Verschwinden.«

»Hat er selbst gehört, was sie gesagt haben?«, fragte Florence mit bleichen Lippen.

»Nee. Er hat gar nicht gewusst, dass sie da oben geredet haben; er hat sich wohl ein Stück vom Fenster entfernt. Ich hatte Angst, dass sie ihn hören würden, aber das taten sie nicht. Also bin ich ins Wasser gerutscht, und das alte Schiff hat sich sofort entfernt, und niemand hat mich gesehen.«

»Ich sage Ihnen, es war kalt! Ich habe ein paar Mal mit dem Licht geblinkt, dann hat mir der alte Kerl zugerufen. Er ist längsseits gekommen und hat mich aufgenommen. Donnerwetter, war ich froh!«

Florence saß regungslos da, ihr Gesicht war leichenblass. In dem Bericht des Jungen sah sie die völlige und erbarmungslose Zerstörung aller Pläne, die sie und Tom Dennis geschmiedet hatten.

Durch die Worte von Pontifex, die Jerry mitgehört hatte – und die Dennis aber nicht vernommen hatte – war ihr die ganze grausame Wahrheit klar geworden.

Sie würden Tom in einem Taucheranzug hinunterschicken und niemand konnte später sagen, was in den grünen Tiefen des Meeres geschehen war!

Florence wusste, dass sie es nicht mehr wagen würde, ihren Teil des Plans durchzuziehen – nach dieser Sache. Vielleicht würde sie Erfolg haben, aber erst, nachdem Tom Dennis umgekommen war.

»Geh ins Bett, Jerry«, murmelte sie zwischen ihren bleichen Lippen.

Der Junge sah sie an und erhob sich mit Angst im Gesicht. Er stolperte davon und war verschwunden.

Florence begegnete dem reglosen, halb toten Blick ihres Vaters.

»Weißt du, was das bedeutet, Vater?«, sagte sie mit lebloser Stimme.

»Es bedeutet, dass sie ihn ermorden werden! Wenn ich hier ausharre, ist er verloren!«

»Wir können den Zoll-Kutter nicht vor einer Woche hier haben, weil die Funkstation geschlossen ist – der Betreiber ist krank. Das haben wir heute Nachmittag herausgefunden.«

»Und, Vater, Tom bedeutet mir mehr als alles andere!«

Die Augen des Vaters bewegten sich langsam. 'Ja!'

»Jetzt ist keine Zeit mehr für den Phonographen; ich werde unseren ganzen Plan aufgeben müssen.«

Florence holte tief Luft. »Ich muss Tom warnen, Vater; die einzige Möglichkeit, ihn zu warnen, wird sein, der Pelican zu folgen, und zwar ganz offen. Ich weiß, wo das Wrack liegt.«

»Der Fischer, der Jerry hergebracht hat – ich weiß, wo er wohnt. Sein Boot hat einen Motor, und er sagt, er fährt oft zwischen den Inseln herum. Ich glaube, er wird mich mitnehmen. Jedenfalls gibt es hier kein größeres Boot als seines.«

»Ich muss ihn gleich heute Abend treffen und die Abreise für den nächsten Tag vereinbaren.«

»Ich werde aber zu den Behörden gehen und ihnen das mit dem Phonographen erklären; und du kannst ihnen alles erzählen, während ich weg bin.«

»Vielleicht können sie uns Hilfe besorgen. Wenn der Fischer mich mitnimmt, können wir Tom vielleicht wegbringen, bevor – «

Sie brach in leises Schluchzen aus. Sie sah nur Unglück vor sich – und die Pflicht gegenüber dem Mann, den sie liebte.

Plötzlich beugte sie sich hinunter und ergriff die fast leblose Hand ihres Vaters.

»Vater! Du weißt alles über diesen Ort, wirklich alles! Sag es mir! Gibt es sonst noch etwas, was ich tun kann? Wenn es so ist, dann hole ich jetzt den Phonographen heraus. Gibt es etwas?«

Langsam bewegten sich die Augenlider von Miles Hathaway zweimal. 'Nein.'

»Und du meinst, es ist richtig, dass ich gehe? Ist es das Einzige, was zu tun ist? Wir werden alles verlieren, denn Pontifex wird das Wrack plündern und weg sein, bevor wir hierher zurückkommen und den Zoll-Kutter hinter ihm herjagen können. Aber ist es nicht das Einzige, was zu tun ist?«

'Ja', sagten die Augen von Miles Hathaway.

X. Das Wrack

Von Unalaska bis zu der Position, die auf der Karte als Lageort der John Simpson angegeben war, sind es – grob geschätzt – fast siebenhundert Meilen.

Als Tom Dennis am Morgen nach dem Auslaufen aus dem Unalaska-Kanal auf der Pelican erwachte, stellte er fest, dass sie mit der Kühnheit aller Walfangschiffe den Unimak-Pass im Dunkeln durchfahren hatte und nun mit acht Knoten über den Nordpazifik raste, wobei ein steifer Südostwind sie tapfer vor sich her trieb.

Dennis war sich darüber im Klaren, dass er jeden Anschein vermeiden musste, in ihm sei ein Verdacht geweckt worden.

Als Mrs Pontifex beim Frühstück bemerkte, dass es eine große Erleichterung sei, den Koch an Bord zu haben, ignorierte Dennis das Thema, denn er war sich bewusst, dass Ericksen ihn mit scharfen und räuberischen Blicken beobachtete.

»Und wann werden wir unsere Position einnehmen, Skipper?«, fragte er.

Pontifex zuckte mit den Schultern. »Wenn diese Brise anhält, werden wir es in drei Tagen schaffen. Wenn es keine Flaute gibt, werden wir dann an Ort und Stelle sein – sehen wir mal, heute ist Samstag; wir werden dann auf jeden Fall am Dienstagmorgen ankommen, nicht wahr, Mr Leman?«

»Mit Leichtigkeit, Sir. Aber sollten wir nicht besser das Tauchgerät in Ordnung bringen, Sir?«

»Ja, holen Sie es noch heute heraus!«

»Bootsmann Joe, bringen Sie einen Ausleger am vorderen Teil an. Die Chancen stehen gut, dass wir nahe genug am Wrack anlegen können, um das Zeug direkt an Bord zu hieven, und wir wollen keine Zeit verlieren. Ein Südostwind könnte uns auf den Inseln festsetzen.«

»Waren Sie schon einmal tauchen, Mr Dennis?«

Dennis nickte. »Zweimal. Aber nie im Meer, sondern im Michigansee.«

»Dann werden wir, wenn Sie wollen, ein neues und aufregendes Erlebnis für Sie haben«, sagte Pontifex und zeigte dabei ein grausames Lächeln.

»Bootsmann Joe und ich sind sonst die Einzigen an Bord, die Erfahrung haben, und wenn Sie Lust haben, uns dabei abzulösen, würden wir uns freuen.«

»Ich bin für alles zu haben, was mich nützlich macht«, sagte Dennis. »Glauben Sie, das Wrack liegt noch auf den Felsen, wo wir es erreichen können?«

»Darauf hoffen wir«, erwiderte Pontifex knapp.

Der Wind hielt sich, und das alte Walfangschiff fuhr Meile um Meile in westlicher Richtung hinunter, mit jedem Stück des Segeltuchs straff wie das Fell einer Trommel.

An diesem Nachmittag konnte Tom Dennis einen genauen Blick auf den neuen Koch werfen – ein höchst unansehnlicher kleiner Mann, schmutzig und extrem schlampig. Der gepflegte Schnurrbart war verschwunden, ebenso wie die vornehme Ausstrahlung; aber der Mann war derselbe, der im Zimmer von Tom Dennis in Chicago eine Ampulle mit Chloroform verschüttet hatte. Daran gab es keinen Zweifel.

Dennis sagte jedoch nichts. Später, als Corny den Koch als Frenchy vorstellte, schüttelte er ihm die Hand und war sehr freundlich, und wenn Dumont etwas vermutet hätte, wurde sein Verdacht durch das gleichgültige Desinteresse von Dennis entkräftet.

Am nächsten Tag fuhr die Brigg immer noch in einem Strudel von Wasser dahin, das unter ihrem Bug zischte, und im Norden zeichneten sich die Inseln mit ihren Bergspitzen gegen den Himmel ab, blau und beständig wie ein fernes Festland.

Im Gespräch mit den Mitfahrenden, den Bootsführern und den Kanakas, erfuhr Tom Dennis viele Geschichten über diese Inseln.

In den Schilderungen ging es um Fuchs- und Robbenzüchter, die über die ganze Inselgruppe verstreut waren, um kleine Transportboote, die unbehelligt die gesamte Länge der Inselkette entlangfahren konnten, oder wie es in der Zukunft eine aufblühende Inselbevölkerung geben würde, wo es jetzt noch leere Landstriche oder verstreute Gemeinden von elend lebenden Eingeborenen gab.

Und es gab noch andere, bedrohlichere Geschichten, wie die von Bogoslof und Katmai* und von Inseln, die über Nacht kamen und gingen.

[* zwei Inseln, aus dem Meer herausragende Stratovulkane und Teile des Feuerrings um den Pazifik]

Andere Erzählungen drehten sich um ölgetränkte Walfänger, die unter herabfallenden Schauern heißer Vulkanasche gefangen und bis zum Rand des Wassers verbrannt wurden. Er hörte von Robbenwilderei, über Wilderer, die einander bekämpften, über Yankees, die gegen Japse kämpften, und diese Erzählungen gingen fast ins Persönliche über. Man nickte und zwinkerte sich zu, wenn Bootsmann Joe von Männern 'die er kannte' erzählte, oder wenn der schwarze Manuel Mendez von Heldentaten berichtete, von denen er 'gehört hatte'.

Tom Dennis bekam gutes Material für Reportagen, aber es beunruhigte ihn.

Er begann zu begreifen, dass diese Männer, unter die er geraten war, von ihrem Wesen her nicht besser als Piraten waren.

Am Abend des zweiten Tages kam es dann zu dem Vorfall, der bewies, dass nun alle Hemmungen fallengelassen wurden.

Die Dunkelheit brach herein, und da Dennis kein besonderes Verlangen nach der Gesellschaft der 'Missus' und des Pontifex in der Achterkajüte hatte, befand er sich in der Lücke in der Nähe der Tranöfen und hörte zu, als Corny der Wache sein Seemannsgarn von einer Walfängergeschichte zum Besten gab.

Das Gespräch wurde durch einen plötzlichen, erstickten Schrei unterbrochen, gefolgt von einem aufgeregten Ruf auf Portugiesisch. Es war die Stimme von Manuel Mendez, der in Kürze das Deck von Mr Leman übernehmen sollte.

Als der Schrei ertönte, zückte Corny sein Messer und war wie ein Schatten verschwunden. Dennis war der Erste, der ihm folgte, und huschte hinter dem schwarzen Steuermann her, zur Luvseite des Decks, von wo die Stimme gekommen war.

Einen Augenblick später war Dennis um die Ecke der Tranöfen gebogen. Was geschehen war, konnte er nicht sagen, aber er sah die riesige Gestalt von Manuel Mendez an den Besanwanten lehnen und leise stöhnen.

Ganz in der Nähe stand der unscheinbare kleine Koch vor dem glitzernden Messer von Corny – und sah ihm mit bloßen Händen entgegen.

Corny, der wilde kapverdische Flüche knurrte, sprang vorwärts.

Schnell wie der Blitz huschte Frenchy hin und her, fegte das Messer beiseite und schlug katzenhaft zu. Corny taumelte zurück.

In diesem Augenblick stürmte Mr Leman auf die Szene zu, seine grauen Haarsträhnen flogen, seine langen Arme fuchtelten. Frenchy, der ihn hatte kommen hören, wurde kopfüber in die Kombüse geschleudert und fiel mit einem gewaltigen Krachen von Töpfen und Pfannen zu Boden.

»Er hat Manuel getötet!«, schrie Corny. Er wich vor dem Zweiten Maat zurück und hob sein Messer auf.

»Er hat ihn bei den Augen erwischt – ach, der arme Manuel!«

Die riesige Gestalt des bärtigen Schwarzen fiel schlaff zusammen. Dennis wandte sich ab und fühlte sich schlecht, denn Manuel Mendez war mit seinem eigenen Messer erstochen worden – nachdem man es ihm in die Augen gebohrt hatte. Selbst für einen Kampf auf See hatte das etwas Schreckliches an sich.

Später stieß Dennis auf den Steward und zwei der unglücklichen weißen Matrosen, die sich in der Nähe des Vorschiffs unterhielten. Der Steward beschrieb, was vorher passiert war.

»Der Maat hat ihn veräppelt und ihn wegen einer Frau angemacht.

Soll mich der Teufel holen! Frenchy hat ihn einfach so angegriffen.«

Und der Cockney hielt die beiden ersten Finger seiner rechten Hand gegabelt in die Höhe.

»Er hat versucht, nach seinem Messer zu greifen, aber Frenchy sprang auf und nahm es zuerst – pfui! Schrecklich war's. Und jetzt wird der Kapitän Frenchy aufhängen.«

Jemand lachte in der Dunkelheit:

»Frenchy hängen? Nicht ihn! Frenchy und der Skipper segeln schon seit Jahren zusammen, hat man mir erzählt. Nicht wahr, Kumpels?«

»Darauf kannst du wetten«, kam eine Antwort. »Der Skipper wird ihn nicht hängen, denke ich.«

Für Dennis schien es schier unglaublich, aber es sollte nichts geschehen.

Am Morgen wurde Manuel Mendez, der nun nie mehr sein hungriges Lächeln mit den weißen Zähnen aufsetzen konnte, mit ein paar Kohlebrocken an den Füßen beschwert, über Bord geschickt.

Als der Leichnam in die Tiefe gelassen wurde, sprang Frenchy an die Reling und schüttete einen Eimer Tran über das Segeltuch, in das der Tote gehüllt war – ein alter Brauch bei den Walfängern, um den Geist des Toten davon abzuhalten, dem Schiff zu folgen.

Frenchy blieb für sein Verbrechen unangetastet. Falls es eine Untersuchung oder Bestrafung gab, hat Dennis nie etwas davon gehört. Die Schiffsroutine nahm ihren gewohnten Lauf: Ericksen wurde zum zweiten Maat befördert, Leman zum ersten Maat.

Ein Mann an Bord vergaß das Geschehen jedoch nicht, und das war Corny, der Landsmann des ermordeten Maats. Mehr als einmal sah Dennis, wie Cornys Augen Frenchy mit einem schwarzen, mörderischen Blick über das Deck verfolgten.

Diese Dinge waren jedoch in der vermuteten Nähe des Wracks schnell vergessen, und da jeder an Bord die Bedeutung dieser seltsamen Fahrt entweder kannte oder vermutet hatte, summte das Schiff wie ein Bienenstock vor Spekulationen und Klatsch.

Um die Mittagszeit schloss Kapitän Pontifex seine Beobachtungen mit der bemerkenswerten Schärfe ab, die Walfangkapitäne auszeichnet, und legte dann einen neuen Kurs fest, der sie um vier Glasen in der Morgenwache in den Windschatten der Insel bringen würde, wo die Brigg vor Anker gehen und das Tageslicht abgewartet werden sollte.

Tom Dennis war der Einzige an Bord, außer Kapitän Pontifex und der 'Missus', der nicht nach der Wacheinteilung schlief. Beim Abendessen an diesem Abend brachte der Kapitän eine Flasche Wein und schickte für alle einen Becher Grog nach vorne. Auf dem Schiff herrschte ziemliche Aufregung, und selbst die sanften Kanakas brachen in wilde Eingeborenenlieder aus, bis diese auf Befehl des Kapitäns unterdrückt wurden.

Nach einem Abend mit vielen Gesprächen, vor allem über die verschiedenen Methoden zur Hebung versunkener Schätze, ging Dennis schlafen.

Mit dem Morgen kam die Ernüchterung. Dennis hatte von Seeleuten geträumt, die verrückt nach Gold waren, von wilder Eile, von allem, was vergessen worden ist, außer die Nähe zum plötzlichen Reichtum. Doch als er an Deck kam, sah alles ganz anders aus. Die Pelican stand am Ende einer kargen Felseninsel. Direkt vor und hinter ihr befand sich eine lange, ausgehöhlte Vertiefung in der felsigen Küste, und in der Mitte dieser Vertiefung lag das Wrack der Simpson.

Die Seeleute blieben strikt auf ihren Positionen und gingen ihren Pflichten nach; es gab kein ausgelassenes Stimmengewirr, und alles war ungefähr so romantisch wie ein Besuch in einem Kohlebergwerk.

Aber die John Simpson war da – kein Zweifel!

Ihr Heck, das sich offenbar in einem Felsennest verkeilt hatte, stand in einem spitzen Winkel nach oben, das Deck war nicht ganz überflutet, ging aber schnell ins Wasser hinunter.

Der Achtermast war nur noch ein gebrochener Stumpf. In einiger Entfernung war der Fockmast zu sehen, ebenfalls gebrochen. Dennis wandte sich an Pontifex und die 'Missus', die neben ihm stand.

»Vom Fockmast* scheint sehr viel weg sein«, sagte er. »Sieht nicht natürlich aus.«

[* bei Zweimastern der vordere Mast, wobei der hintere höher oder gleich hoch ist]

»In zwei Teile gebrochen«, bestätigte die 'Missus' knapp. Pontifex nickte.

»So ist es«, erklärte er mit Überzeugung. »Der vordere Teil liegt in tiefem Wasser – wahrscheinlich acht oder zehn Faden. Sehen Sie sich das Heck an. Sehen Sie, wie das Wasser tropft? Bei Flut ist es gut abgedeckt, aber jetzt ist Ebbe. Kein Wunder, dass sie zerbrochen ist!«

»Sieht aus, als würden wir nahe an der vorderen Ladeluke ankern«, sagte die 'Missus'.

Ericksen war mit einem Walfangboot und einer Handleine dabei, die Tiefe zu sondieren. Plötzlich ertönte ein wilder Ausruf von Pontifex, der das sichtbare Heck des Wracks durch ein Fernglas betrachtete.

»Übernehmen Sie das Kommando, Mr Leman«, schnauzte der Kapitän, dann erhob er seine Stimme.

»Corny! Lassen Sie uns runter in ein Boot – vier Mann reichen aus, um uns hinzurudern. Kommen Sie, Mr Dennis!«

Während Cornys Mannschaft zu den Auslegern eines vorderen Bootes sprang, schritt Pontifex vorwärts. Sein hageres Gesicht sah mörderisch aus.

Dennis folgte ihm erstaunt. »Was ist das Problem, Skipper?«

»Kommen sie schon«, antwortete Pontifex knurrend. »Ich bin mir noch nicht sicher, aber wenn es wahr ist – «

Da der Kapitän nicht in der Stimmung für Fragen war, sagte Dennis nichts weiter, sondern folgte ihm in das Walfangboot.

Vier Kanakas machten Fahrt an den langen Rudern, und das Boot begann landwärts zu gleiten.

Pontifex betrachtete das Wrack einen Moment lang durch sein Fernglas, dann reichte er es Dennis.

»Sehen Sie es sich an – am Hauptmast!«

Verblüfft richtete Dennis seinen Blick auf den Großmast. Hoch oben, so hoch, dass er mit bloßem Auge kaum zu sehen war, erkannte er einen kleinen Gegenstand, der aussah wie ein an den Mast genageltes Stück Brett.

»Steht da etwas geschrieben?«, rief er aus und senkte das Fernglas.

Pontifex nickte säuerlich. »Vielleicht. Wir werden es bald sehen.«

Das Boot von Bootsmann Joe, das seine Tiefenmessungen abgeschlossen hatte und auf das Schiff zusteuerte, kam in Rufweite vorbei. Pontifex übermittelte Mr Leman über Ericksen die Anweisung, die Pelican so nahe an die vordere Ladeluke des Wracks zu legen, wie es die Tiefe erlaubte.

Bootsmann Joe meldete, dass der vordere Teil der Simpson in neun Faden Tiefe lag, mit gutem Halt für die Anker, und dass das Walfangschiff leicht längsseits gehen konnte.

Als ihr Boot einlief, konnte Tom Dennis sehen, dass das Heck des Wracks bei Flut tatsächlich vollständig unter Wasser liegen musste, wovon die Seepocken und das Unkraut zeugten, welche die Reling und das Deck bedeckten.

Aber es war das quadratische Stück einer Planke, das an den Mast genagelt war, welches seinen Blick und den des Skippers auf sich zog.

170

»Ah!«, rief Pontifex mit einem wütenden Fluch. »Sehen Sie sich das an, Dennis! Aufgemalte Zeichen!«

Als er wieder das Fernglas nahm, konnte Dennis tatsächlich erkennen, dass auf der Tafel Schriftzeichen zu stehen schienen – für sein Auge waren sie japanisch. Auf diese Aussage hin fluchte der Skipper erneut.

»Aye, der gelbe Abschaum! Sie treiben sich auf den Inseln herum, überfallen Fuchsfarmen und wildern oder handeln, wie sie es wollen.«

»Eines ihrer Boote kam wohl hier vorbei, hatte Glück und sah das Wrack«, sagte Dennis.

»Sie haben ein Schild aufgehängt, um ihre eigenen Landsleute abzuhalten, und sind dann weggefahren, um Hilfe zu holen.«

»Sie sind bei Hochwasser gekommen und haben nicht auf die Ebbe gewartet.«

»Haben Sie gesehen, wo das Schild da oben hängt? Zu weit weg, Corny, wir wollen auch nicht an Bord gehen.«

Das Boot drehte sich mit leichten Ruderschlägen herum, zwanzig Fuß von den Felsen entfernt, die das Heck der Simpson hielten. Dennis sah sich die Tafel genau an und gab dann das Fernglas an Pontifex.

»Das ist Pech, Skipper«, sagte er leise. »Wenn man bedenkt, dass sie über zwei Jahre lang unentdeckt hier lag und dann erst eine Woche oder so vor unserer Ankunft gefunden wurde!«

»Eine Woche?« Pontifex starrte ihn mit flammenden Augen an. »Woher wissen Sie das?«

»Schauen Sie sich die Nagelköpfe in diesem Brett an. Sie sind natürlich rostig, aber der Rost hat sich nicht um das Holz um sie herum verteilt – sehen Sie? Und die schwarze Farbe auf dem Brett sieht ziemlich glänzend aus, wenn das Sonnenlicht sie richtig einfängt.«

»Sie haben recht!«, kommentierte der Skipper mit einem Knurren.

»Was wollen Sie dagegen tun?«, fragte Dennis.

»Dagegen tun?« Pontifex sah giftig aus. »Kämpfen, zum Teufel! Das ist eine Bergungsaktion. Wer am stärksten ist, gewinnt.«

»Ich werde die alte Brigg hier ankern, und ich will sehen, ob irgendwelche dreckigen gelben Wilderer meine Finger in Aktion bringen!«

Dennis erinnerte sich an den großen Gewehrständer in der Kajüte und sagte nichts mehr. Gewehre können auch für andere Zwecke verwendet werden als zum Töten von Robben und Bären.

»Bis zum Frühstück haben wir es gemütlich«, fügte Pontifex hinzu und beobachtete, wie die Pelican langsam herankam, während seine Topsegel herumflatterten. »Dann machen wir uns *pronto'* [sofort] an die Arbeit. Wir wollen auch nicht, dass uns hier ein Sturm erwischt. Es ist eher wahrscheinlich, dass wir Nebel bekommen.«

Und der Skipper machte seinen Worten alle Ehre. Noch vor dem Glockenschlag um 7.20 Uhr an diesem Morgen* lag die Pelican längsseits an der vorderen Hälfte der Simpson, und alles war unter und oben in Ordnung gebracht worden.

Kapitän Pontifex rief alle Leute zusammen und hielt eine Ansprache.

[* normalerweise werden die Glocken um diese Zeit geschlagen, damit die ablösende Wache zuerst frühstücken kann]

»Die Japse waren hier, und sie werden wiederkommen«, sagte er knapp. »Es gibt viel Geld zu bergen, Männer, also werden wir anpacken und Tag und Nacht arbeiten und dabei sehr aufmerksam alles überwachen.«

»Die Tagwachen werden sich damit beschäftigen, das Zeug an Bord zu bringen, denn ein Taucher kann in diesem Gewässer nicht lange unten bleiben: Alle Männer werden die Chance haben, hinunterzugehen. Die Nachtwachen werden die Sachen unter Deck verstauen und das Oberdeck bis zum Morgen wieder frei machen.«

»Während wir hier liegen, teilen wir die Wachen neu auf. Mr Leman und Mr Ericksen übernehmen die Backbordwache, ich übernehme mit Mr Dennis und Corny die Steuerbordwache.«

»Jeweils ein Mann von jeder Wache wird an Land gesetzt – der hohe Felsen ist ein besserer Ausguck als die Saling – um auf die Annäherung irgendeines Bootes zu achten. Und merkt euch das, Männer! Wenn ihr euch nach dem Wachwechsel am Strand nicht zurückmeldet, komme ich an Land und jage euch mit der Schrotflinte! Das war's dann. Die Steuerbordwache übernimmt das Deck.«

Ist die Backbordwache nach unten gegangen? Noch nicht!

Das Frühstück war eine reine Formalität, eine eilig arrangierte Angelegenheit, und zehn Minuten später wurde einer der vier weißen Seeleute als Ausguck an Land gesetzt, und der Skipper machte sich an die Arbeit. »Du wirst auf die Pumpen aufpassen, meine Gute«, sagte Pontifex zu seiner Frau. »Wenn ich unten bin, traue ich niemandem sonst zu, auf meine Luftversorgung aufzupassen.«

»Wollen Sie mit hinuntergehen, Mr Dennis?«

»Aber sicher«, lachte Dennis. »Ich möchte nichts lieber als das!«

Ein komplettes Doppelset an Tauchgeräten lag schon bereit.

XI. Der Feind kommt

Das Wasser war kalt – kalt und klar und bissig wie Eis. Für Dennis, der in dem Gummianzug steckte, schien es, als wäre er mit dem Körper in flüssiges Eis getaucht worden.

Durch das dicke Glas des Helms konnte er die grüne und transparente Umgebung um sich herum sehen, klar und leer und schimmernd durch das Sonnenlicht von oben. Er wusste, dass ein langes Untertauchen für ihn und die anderen Männer, die an der Arbeit waren, unmöglich sein würde.

Das Wasser unter seinen Füßen wurde immer dunkler, je weniger das Licht von oben in die Tiefe vordrang. Dennis war vom Achterdeck der Pelican hinabgestiegen, was ihn nun den Lotungen zufolge auf den Meeresboden am hinteren Ende der vorderen Hälfte des Wracks bringen würde. Auf diese Weise konnte er sehen, ob der Inhalt des Hauptraums der Simpson, hinter dem sie in zwei Teile zerbrochen war, sich auf dem Meeresgrund zwischen den beiden Wrackteilen aufgeschichtet hatte. Sollte dies der Fall sein, würde dies die Bergungsarbeit erheblich beschleunigen.

Tom Dennis sank schnell in die Tiefe, in einem scheinbar unendlichen Abstieg. Plötzlich schien eine riesige schattenhafte schwarze Masse von unten auf ihn zuzukommen, und sein Herz pochte vor Schreck, denn er fühlte sich sehr hilflos. Dann erinnerte er sich an das Wrack, und natürlich war es das, was unter ihm war!

Das regelmäßige 'Klick-Klick' der Pumpen, das durch seine Luftventile ertönte, beruhigte und ermutigte ihn. Einen Augenblick später stand er auf dem Grund.

Er wunderte sich, dass es kaum Bewuchs oder Algen gab, die ihn behinderten, bis ihm klar wurde, dass die wenigen Algen, die er sehen konnte, sich im Griff einer ziemlich starken Unterwasserströmung krümmten, die in Verbindung mit der starken Kälte des Wassers eine negative Wirkung auf den Meeresbewuchs hatte. Der Grund unter ihm war jedoch nicht glatt, sondern extrem felsig und uneben.

Die Simpson war offenbar kurz hinter dem Maschinenraum gebrochen, und die vordere Hälfte lag mit ihrem schrägen Deck in Richtung Küste. Dennis hatte den Boden in der Nähe des Kiels erreicht, und es dauerte nicht lange, bis er entdeckte, dass auf dem Meeresgrund fast genug Ladung lag, um die Pelican zu füllen.

Die Leine, die er von oben mitgebracht hatte, wickelte er nun um eine mit Seepocken übersäte Packkiste.

Als er sie straff ziehen wollte, gab es einen Ruck an der Rettungsleine – das Signal, dass seine vereinbarte Zeit abgelaufen war. Da Dennis kein Risiko eingehen oder auf die Krankenliste gesetzt werden wollte, reagierte er sofort und wurde vom Grund hochgeholt.

Sein Aufstieg war sehr langsam, und das war auch notwendig, denn ein schnelles Auftauchen aus der Tiefe würde jeden Mann schwer schaden. Das Hochkommen musste allmählich und schrittweise erfolgen.

Auf dem Weg nach oben wurde ihm zum ersten Mal bewusst, dass er sich buchstäblich in den Händen seiner Feinde befand!

Doch in dem Moment, in dem er wieder in der Morgensonne war, vergaß Tom Dennis sein Unbehagen und lachte über den Schrecken, der ihn in der Tiefe ergriffen hatte. Es war absurd, dachte er sich.

An diesem Morgen ging er jedoch nicht wieder hinunter.

Dennis hatte seinen Taucheranzug kaum abgelegt, als auch der Kupferhelm des Skippers neben der Schiffsmitte das Wasser durchbrach.

Pontifex berichtete, dass die Bugplatten des Wracks herausgerissen waren und er zwei Kisten geborgen hatte; diese wurden zusammen mit der von Dennis gesicherten Kiste hereingebracht und sofort aufgemacht.

Die beiden Kisten aus dem vorderen Laderaum enthielten Munition, die aus dem Hauptladeraum zwei sehr gut verpackte Maschinengewehre.

Das genügte Pontifex, der sofort vermutete, dass der Haupt- und der hintere Laderaum der Simpson den größten Teil der Maschinengewehre – den wertvollsten Teil der Ladung – enthielten.

Corny brachte sofort einen Warpanker aus, ließ ihn zum Heck seines Bootes herunter und hängte ihn dort mit einer Sperre an den Ring; dann machte er sich auf zum Heck der Simpson.

Als das Schiff zwischen den Felsen im seichteren Wasser lag, trampelte die Mannschaft um die Ankerwinde, während Bootsmann Joe *'Windiges Wetter! Stürmisches Wetter!'* in einen schallenden Chorus verwandelte.

Endlich war es so weit. Die Pelican lag, nachdem die Erkundung abgeschlossen war, gemütlich zwischen den beiden Teilen der John Simpson.

Die Nachtwache ging unter Deck, um ihre Neugier an den mit Seepocken bedeckten Packkisten zu stillen, und Kapitän Pontifex machte sich weiter an die Arbeit und ging fast sofort wieder nach unten.

Dennis kümmerte sich um die Achterpumpen, während die 'Missus' selbst das Steuer von denjenigen übernahm, die mittschiffs arbeiteten.

Die Kanakas, die nur durch die Tiefe und die Eiseskälte des Wassers daran gehindert wurden, nackt nach unten zu gehen, waren begierig, die Tauchanzüge auszuprobieren.

Als jeder Mann nacheinander abtauchte, nahm er vier Leinen mit und befestigte sie an ebenso vielen Kisten. So kamen, trotz der kurzen Tauchzeiten, die Behälter in kürzester Zeit nach oben, so schnell wie man sie handhaben konnte.

Als die Wachmannschaft um acht Uhr mittags aufhörte, war Dennis erstaunt über die Anzahl der Kisten, die an Bord gekommen waren.

Auch er war todmüde; die ständige Beaufsichtigung der Pumpenmanometer und die Aufrechterhaltung des richtigen Luftdrucks war keine leichte Aufgabe, und in manchen Momenten war er auch noch mit den anderen Männern an die Leinen gegangen.

»Wie ich sehe, sind Sie kein Grünschnabel«, kommentierte Pontifex beim Abendessen mit einem scharfen Blick auf die Hände von Dennis. »Wo haben Sie gelernt, den Daumen freizuhalten, während Sie eine Leine ziehen.«

»Oh, ich bin schon ein wenig auf Schiffen herumgefahren«, lachte Dennis. »Werden Sie mit der Pelican auf dieser Position bleiben?«

»Ja. Wenn die Japse kommen, werden wir sie von beiden Enden des Wracks fernhalten. Meinen Sie, dass Sie heute Nachmittag wieder runtergehen könnten?«

Dennis nickte. »Klar! Ich soll ein schwaches Herz haben, aber das habe ich bisher nicht bemerkt.«

Wie es der Zufall wollte, ging er an diesem Tag jedoch nicht mehr hinunter, denn während der Wache von Mr Leman hatte der hintere Luftschlauch ein Leck bekommen, das repariert werden musste, und das zweite Gerät war folglich bis zum nächsten Morgen außer Betrieb.

Pontifex, der die erste Hundewache* übernahm, ließ die Männer in dem anderen Anzug fleißig arbeiten, und alle an Bord waren mit den Ergebnissen sehr zufrieden.

[* 2-Stunden-Wache, um den Rhythmus der Wacheinteilung zu verschieben, damit nicht alle im stets gleichen Turnus bleiben]

In der Nacht wurde die Ladung im Schein einer riesigen Fackel, die sich auf den Tranöfen befand, verstaut. Um die schweren Kisten zu transportieren, mussten Hebevorrichtungen über die Luken geführt werden, und das Deck wurde erst kurz vor der Morgenwache abgewaschen.

Als Dennis um 4 Uhr morgens an Deck kam, war das Schiff in einen so dichten Nebel gehüllt, dass der Ausguck von der Insel abgezogen wurde.

»Dieser Nebel – vielleicht hält er sich eine Woche«, brummte Corny, der die Tauchleinen überholte. »Wenn die Japse kommen sollten, dann passt auf!«

Das Heck des Wracks, das bei Flut verborgen gewesen war, wurde wieder freigelegt. Der Nebel war so dicht, dass Dennis an der Möglichkeit eines Tauchgangs zweifelte, aber seine Bedenken wurden bald ausgeräumt. Corny und der Skipper, die beide Leinen trugen, wagten einen Abstieg, und Corny kam mit der Nachricht zurück, dass es ein 'Kinderspiel' war.

Pontifex war immer noch unten auf dem Grund, und Dennis bereitete sich darauf vor, in den Anzug zu steigen, aus dem Corny geschlüpft war, als plötzlich die Stimme der 'Missus' von mittschiffs zu ihnen drang: »Seid ruhig, alle Mann! Hört zu!«

Erstaunt gehorchte Dennis. Corny, der neben ihm stand, hielt sich die Hand ans Ohr und schüttelte langsam den Kopf. Es war nichts zu hören, der Nebel war undurchdringlich.

»Was hat sie gehört?«, murmelte Dennis. Der Mann von den Kapverden schüttelte den Kopf.

»Keine Ahnung. Aber *ihr* macht keiner was vor – ah! Hören Sie zu, schnell!«

Da hörte Dennis es – ein undeutliches, dumpfes Vibrieren, das zu schwach war, um als Geräusch bezeichnet zu werden, das man eher fühlte, als hörte. Es kam wieder und wieder, ein unregelmäßiges Geräusch.

»Das ist das Segel«, sagte Corny, »es flattert im Wind – und da ist noch etwas anderes – «

»Ein Schiffsmotor!«, rief Dennis leise aus.

»Du Corny!« Die 'Missus' gab ein schnelles Kommando nach achtern. »Ruf alle Leute nach hinten und sag Mr Leman, er soll die Gewehre holen. Beeil dich!«

In der Zwischenzeit holte sie Pontifex zurück an Bord, offensichtlich gegen seinen Willen, wie die Signalleitung zeigte.

Dennis schlüpfte aus dem Gummianzug, als Bootsmann Joe den Niedergang heraufkam. Einen Moment später tauchten Leman und Corny auf, jeder mit einer Ladung Gewehre, unter denen auch Schrotflinten waren.

Ericksen hielt neben Dennis inne und lauschte aufmerksam. »Wenn das nicht die Japse sind – wahrscheinlich ein Schoner, der unter Motor auf die Insel zusteuert und dessen Besatzung zu faul ist, die Segel zu richten! Aye, das sind sie.«

»Aber es könnte auch jemand anderes sein«, sagte Dennis. »Ein Fischer vielleicht.«

Bootsmann Joe warf ihm unter seiner hochgezogenen Augenbraue einen mitleidigen, verächtlichen Blick zu. »Warten Sie es ab!«

An alle an Bord wurden Gewehre verteilt, auch an Dennis, und als Kapitän Pontifex oben war und aus seinem Anzug stieg, war das Schiff bereit zur Verteidigung.

Pontifex nahm die Nachricht kommentarlos zur Kenntnis; mit dem Gewehr unter dem Arm schickte er Corny auf die Saling, um von dort aus Wache zu halten, und befahl Mr Leman, sich mit einem Megafon bereitzuhalten.

»Es kommt näher, Sir«, meldete sich Ericksen. »Sie nehmen gerade Tiefenmessungen vor.«

Der Skipper nickte. Das vom Nebel gedämpfte Brummen eines Motors war nun deutlich zu hören, und das Schlagen der Segel verriet, dass das sich nähernde Schiff nicht mehr weit entfernt war. Der Nebel war dicht und beständig, ohne dass ein Hauch von Wind ihn lichtete.

»Also gut, Mr Leman«, sagte Pontifex plötzlich. »Geben Sie es ihnen.«

Sofort schmetterten die laut hallenden Töne von Mr Leman, die durch das Megafon noch tausendfach verstärkt wurden, in den Nebel hinein: »Bleibt weg oder ihr rammt uns, ihr Trottel! Bleibt weg!«

Aus dem Nebel kam ein schriller, dünner Schrei der Überraschung, gefolgt von einem aufgeregten Geplapper in vielen Sprachen. Offensichtlich waren die Besucher von fremder Herkunft. Dann erhob sich eine schrille Stimme in englischer Sprache inmitten einer plötzlichen Stille, als der dröhnende Motor sein Geräusch einstellte.

»Hallo – wer seid ihr?«

»Sehr gut, Bootsmann Joe«, sagte der Skipper ruhig. »Sie wird sich wahrscheinlich in der Mitte des Fahrwassers befinden – etwa zwei Strich hinter unserer Seite.«

Ericksen legte die Schrotflinte an, mit der er sich bewaffnet hatte, und als er beide Läufe abfeuerte, ertönten zwei krachende Schüsse in den Nebel hinein.

Ein schrilles Stimmengewirr ertönte als Antwort, gefolgt von einer augenblicklichen Stille, wie von einer Wolldecke überzogen. Dann folgte ein einziges dumpfes Plumpsen, als ob ein schwerer Gegenstand auf das Wasser aufschlagen würde.

»Ah!«, bemerkte Pontifex und starrte in den Nebel, als könne er hindurchsehen. »Sehr gut, Bootsmann – Sie haben sie erreicht. Sie sind vor Anker gegangen und werden dort liegen bleiben, bis sich der Nebel lichtet. Sie wissen, dass wir keine Kugeln verschwenden, wenn wir sie nicht sehen können.«

»Erreicht?«, wiederholte Dennis. »Sie meinen doch nicht etwa, dass Ericksen versucht hat, sie zu treffen?«

Bootsmann Joe lachte, und Pontifex warf Dennis einen seltsam lächelnden Blick zu – einen sehr teuflischen Blick.

»Mein lieber Mr Dennis, genau das hat er getan. Und ein gelber Bettelbursche hat die Kügelchen in seinem Versteck abbekommen – mit anderen Worten, sie haben es kapiert! Sie werden keine Spielchen treiben, bis sie sehen, womit sie es zu tun haben.«

»Aber wo sind sie?«, fragte Dennis, der es aufgab, weiter nachzufragen.

»Ich würde sagen, nicht mehr als fünfhundert Fuß entfernt, ganz sicher.«

Der Kapitän warf einen Blick auf Mr Leman, der bestätigend nickte. »Es könnte auch weniger als das sein, und wir können sie nicht sehen und sie uns auch nicht. Wenn sich der Nebel lichtet – na, dann wird's lustig!«

»Werden sie kämpfen?«

Pontifex streichelte seinen Schnurrbart und lächelte sanft.

»Mehr oder weniger – sie werden zuerst versuchen, uns zum Teufel zu schicken. Legen Sie ein paar Harpunen und Schultergewehre bereit, Mr Leman; wir werden ein paar Bomben für heute Nacht bereit haben.«

Dann wandte er sich an Corny: »Bringen Sie die Kisten rein, die ich an die Leine gebunden habe, bevor ich hochkam. Wir machen uns gleich wieder an die Arbeit.«

Dennis sah keinen Sinn darin, zu protestieren. Hier galt nur das Recht des Stärkeren, und Pontifex hatte völlig recht, wenn er den Kampf zum Feind trug, denn Aggression ist 90 Prozent eines guten Kampfes.

Außerdem genoss Pontifex ganz offensichtlich die Erwartung auf das Kommende, und im Moment spielte Dennis ein abwartendes Spiel und hatte keine Lust, eine Krise herbeizuführen.

Da keine Zeit für normale Methoden blieb, wurden ein Amboss und ein Kaltmeißel mit einem halben Dutzend Harpunen nach achtern gebracht, und zwei Männer machten sich an die Arbeit, die eisernen Harpunenschäfte direkt hinter den Speerspitzen durchzuschneiden.

Heute wird der moderne Walfang fast genauso betrieben wie die Walfänger von New Bedford vor einem Jahrhundert, mit Ausnahme eines kleinen Messingzylinders, der am Harpunenschaft befestigt ist.

In diesem Zylinder befindet sich eine Tonitbombe. Egal, ob die Harpune von Hand geschleudert oder aus einem Schultergewehr abgefeuert wird, sie trägt die Bombe in den Wal – und das ist das Ende des Wals.

Nachdem die Spitzen von den sechs Harpunen abgetrennt worden waren, machte Mr Leman ein paar Schultergewehre bereit und lud die Zylinder der Harpunen mit Bomben.

Wie er feststellte, konnten sie viel oder wenig Schaden anrichten, aber sie würden einen großen Krach machen, wenn sie trafen; und mit dieser Absicht wurden die Waffen beiseitegelegt, um im Falle einer Aggressivität seitens des Feindes eingesetzt zu werden.

Zumindest im Moment schienen sich die Japaner aber in vorsichtigem Schweigen zu üben.

»Nun, Mr Dennis«, sagte Pontifex schließlich, »ich werde meine unterbrochene Arbeit wieder aufnehmen; ich denke, ich kann noch ein paar Leinen runterbringen, bevor ich aufhöre.«

»Wer wird mit mir nach unten gehen?«

»Nun, ich – wenn Sie es für sicher halten«, erwiderte Dennis.

»Sie wollen also die Arbeit nicht unterbrechen?«, fuhr er fort.

»Wegen dieses gelben Abschaums? Ich würde sagen, Nein!«, rief Pontifex aus.

»Mr Leman wird sich um die Kämpfe kümmern, die nötig sind, während ich unten bin, und die 'Missus' wird dafür sorgen, dass nichts unsere Leinen stört.«

»Ich kann aber auch jemand anderen schicken, wenn Ihnen die Idee nicht gefällt.«

»Oh, das ist in Ordnung für mich«, antwortete Dennis und drückte seine Pfeife aus.

»Ich wage zu behaupten, dass es kein großes Risiko ist«, fuhr er fort. »Aber es wäre ein schöneres Gefühl, wenn das andere Schiff uns auf dem Grund zufriedenlassen würde, oder?«

Pontifex grunzte und ging vorwärts, wobei er von dem Nebel verschluckt wurde, der alles verhüllte.

Nachdem er von Corny erfahren hatte, dass der Boden ziemlich dunkel, aber keineswegs zum Arbeiten ungeeignet war, rief Dennis den Steward.

Obwohl der kleine Cockney an Land ein gemeiner Verbrecher war, war er auf See eine treue Seele, und Dennis hatte gelernt, dass er bei der Überwachung der Pumpen ein starkes Verantwortungsgefühl empfand.

»Hallo, Steward!«, rief er. »Kommen Sie und helfen mir mit dem Anzug – und bringen Sie auch ein paar Kanakas mit, die diese Pumpen bedienen. Corny ist mit den Leinen beschäftigt.«

»Ich komme, Sir«, sagte die Stimme des Stewards, und der Cockney erschien einen Moment später.

Mittschiffs unterhielt sich Kapitän Pontifex inzwischen mit dem Koch, während die 'Missus' zuhörte.

»Jetzt ist es an der Zeit, Dumont«, sagte Pontifex und streichelte seinen gelockten Schnurrbart. »Arbeite weiter achtern, bis du an seine Leine kommst, verstanden?«

»'Mais oui!' [aber ja]«, erwiderte Frenchy, und seine schwarzen Augen funkelten. »Aber ich, ich mag diesen 'diable' [teuflischen] Nebel nicht! Unter Wasser wird es dunkel sein.«

»Umso besser«, und Pontifex lächelte sein grausames Lächeln. »Umso besser!«

»Er denkt, ich gehe mit hinunter. Der Steward soll sich um seine Pumpen kümmern – und wir geben dem Steward die Schuld an dem, was passiert.«

»In diesem trüben Wasser wird er dich nicht kommen sehen – du kannst dich auf ihn stürzen, seine Leinen durchtrennen und im Handumdrehen weg sein. Bist du bereit oder nicht?«

»Ja!«, rief Frenchy und griff nach dem Tauchanzug.

»Und pass die Gezeiten auf«, warnte der Kapitän. »Die Strömung bei einsetzender Ebbe ist stark und du könntest die Orientierung verlieren, wenn du nicht aufpasst.«

Frenchy grinste und hielt sein Jagdmesser griffbereit.

XII. In der Tiefe

Als der Steward half, den Gummianzug über den Körper von Dennis zu ziehen, sprach er mit leiser Stimme: »Verzeihen Sie, Sir, aber es sieht so aus, als hätten Sie Ihr Messer verloren.«

Dennis warf einen Blick auf das Deck, wo seine Utensilien lagen. Der Gürtel und die Scheide waren noch da, aber das große Messer, das zur Ausrüstung eines jeden Tauchers gehörte, fehlte.

»Das ist seltsam!«, sagte er langsam. »Hm! Wahrscheinlich hat Corny bei seinem Tauchgang das Messer verloren und es nicht bemerkt.«

»Holen Sie mir besser eins aus der Kombüse, Steward. Ich nehme ein Tranchiermesser, das in diese große Scheide passt.«

»Ja, Sir.«

Der Steward verschwand im Nebel. Die beiden Kanakas standen an den Pumpenrädern, fröstelten im feuchten Dunst und redeten miteinander.

Einen Moment später tauchte der Steward wieder auf und trug ein langes, scharf geschliffenes Tranchiermesser bei sich. Er probierte es in der Scheide, und es passte gut.

»Sehr gut, Sir. Alles bereit!«

Dennis mochte den kleinen Cockney – er mochte die große Aufmerksamkeit des Mannes bei seiner Aufgabe, die Pumpen zu überwachen. Aber jetzt, als er half, die Rücken- und Bruststücke auszurichten und den Gürtel um seine Taille zu schnallen, spürte er einmal mehr, dass er sich mit dieser Arbeit in die Macht seiner Feinde begab.

Er unterdrückte ein Lachen bei diesem Gedanken, doch es kostete ihn eine große Anstrengung, seine Befürchtungen zu überwinden. Natürlich wollten sie ihn nicht töten – aber wenn sie es wollten, wie leicht wäre es in diesem Nebel! Aber das war alles Unsinn. Von Ermorden konnte keine Rede sein. Schon der Gedanke daran war Unsinn!

Dennis half dem Steward dabei, den großen Kupferhelm zurechtzurücken, und der Cockney schraubte ihn fest an die Nackenplatte. Einen Augenblick später kletterte er über die Reling. Die übliche Taucherleine würde ihn geradewegs nach unten leiten, und außerdem war eine Leiter über das Heck gehängt worden, um den Aufstieg zu erleichtern.

Der Steward reichte ihm die vier Hebeleinen, die in Abständen an der Reling befestigt waren, damit sie sich nach dem Anbringen an den Kisten nicht verheddern, und Dennis glitt in die Tiefe.

Wie immer ertönte, mit beruhigender Wirkung, das gleichmäßige und regelmäßige Klicken der Pumpen durch seine Luftventile.

Kapitän Pontifex hatte keine besonders moderne Ausrüstung mit Telefonen, elektrischem Licht und anderem Schnickschnack bereitgestellt. Aus diesem Grund konnten nachts auch keine Taucharbeiten durchgeführt werden. Die Anzüge waren jedoch gut und zuverlässig, es fehlten nur noch Handschuhe, um sie geeigneter für das eisige Wasser zu machen.

Dennis verdrängte entschlossen alle Gedanken an eine mögliche Gefahr und konzentrierte sich auf die anstehende Arbeit. Wie Corny berichtet hatte, war das Wasser da unten klar genug für die Arbeit, aber das Fehlen des gefilterten Sonnenlichts machte es düster, grau und undeutlich in den Details.

Als Dennis schließlich spürte, dass seine Füße den Grund berührten, musste er einen Moment stehen bleiben, um sein Sehvermögen an die veränderten Bedingungen anzupassen. Schon bald konnte er wieder Gegenstände erkennen und bewegte sich auf die weit verstreuten Haufen von Kisten zu, die zwischen den beiden Teilen der John Simpson lagen.

Dennis konnte Pontifex nirgendwo bei der Arbeit sehen, aber das war bei der derzeitigen Dunkelheit auch nicht verwunderlich. Außerdem hielten sich die Taucher von der Seite bis zum Heck der Pelican so weit wie möglich auseinander, aus Angst, dass sich die Leinen verfangen könnten.

Als er weiter vorankam, glaubte Dennis, links von ihm, zur See hinaus, eine sich schwach bewegende Gestalt auszumachen, aber sie verschwand fast augenblicklich. Es könnte ein Fisch gewesen sein, schloss er, oder ein Haufen treibender Algen. Es war jetzt kurz vor Mittag, und die Flut war schnell am Abfließen.

Mit dem seltsamen Auftrieb, den ein Taucher auf dem Grund hat, machte Dennis einen Sprung nach dem anderen, mit einer jungenhaften Freude.

Auf diese Weise kam er jedoch nicht schneller vorwärts und kehrte bald wieder zum langsamen, schrittweisen Vorankommen zurück. Zu groß war die Gefahr, das Gleichgewicht zu verlieren und beim Umfallen den Helm im Schlick zu begraben.

Bei einem Haufen Kisten stieß er auf ein aufrecht stehendes Brecheisen, mit dem Corny die einzelnen Kisten getrennt hatte, um die Leine um sie herum zu spannen.

Dennis fand zunächst zwei lose Kisten und befestigte daran zwei seiner Leinen. Die Brechstange konnte er nicht benutzen, ohne sich zuerst selbst zu sichern und an den Stapel zu binden – sein eigener Auftrieb war zu groß. Um Zeit zu sparen, ging er also zu einigen verstreuten Kisten weiter.

Zu diesem Zeitpunkt verhedderten sich seine beiden verbleibenden Leinen an seinem Luftschlauch. Als er sie schließlich entwirrt hatte, bekam er große Schwierigkeiten, das Gleichgewicht gegen die Flut zu halten. Schließlich konnte er die erste der noch freien Leinen an einer Kiste befestigen, und mit der letzten sicherte er eine weitere.

Als er sich aufrichtete und seine Sicherheitsleine ergriff, um dem Steward zu signalisieren, dass er bereit war, aufzusteigen, bemerkte er eine große schattenhafte Masse im Wasser vor ihm.

Er hatte sich inzwischen an die Dunkelheit gewöhnt und erkannte, dass es sich um das Heck der John Simpson handelte, das an einer steilen Böschung aus dem Wasser ragte.

Er zerrte an seiner Leine. Zu seinem Erstaunen spürte er keinerlei Widerstand. Er zerrte fester, schärfer – und die Leine kam schlängelnd und sich windend auf ihn herunter.

Im selben Moment hörte er ein scharfes Klicken hinter seinem Ohr; das Sicherheitsventil in seinem Helm war zugeschnappt. Sein luftdichter Schlauch und seine Leine waren durchtrennt worden!

In diesem entscheidenden Augenblick, in dem er dem unausweichlichen Tod ins Auge blickte, spürte Tom Dennis nichts mehr von seiner früheren Angst. Sein Gehirn arbeitete jetzt wie eine Uhr. Er wusste, dass er sowohl vom Heck oben oder vom Wasser unterhalb abgeschnitten und dem Tod überlassen war.

Er hatte nicht genug nachgedacht – er hatte nicht auf seine inneren Vorahnungen gehört, und das Schreckliche daran war, dass er noch relativ lange nicht sterben würde. In seinem Helm und in den Bauchfalten seines Gummianzugs befand sich genügend Luft, um das Leben für mehrere Minuten aufrechtzuerhalten!

Was würde ihm das aber nützen? Nichts! Was würde es ihm nützen, die Leinen zu erreichen, die er an den Kisten befestigt hatte? Nichts.

Das war alles kein Zufall. Die Enden seiner Leinen verrieten ihm, dass sie sauber durchgeschnitten und abgetrennt worden waren. Die da oben würden alle möglichen Signale ignorieren, würden ihn elend zugrunde gehen lassen. Er konnte sich auf niemanden verlassen. Er war gefangen, hilflos, ermordet!

Plötzlich nahm Dennis etwas im Wasser hinter sich wahr. Er drehte sich um. Keine zehn Meter entfernt stand ein anderer Taucher, den Helm zu ihm gewandt, und beobachtete ihn.

Durch das dicke Glas sah Dennis scharfe, dunkle Augen, ein Schimmern weißer Zähne. Das war nicht Pontifex, ganz und gar nicht. Er erkannte ihn, und ein dünner Schrei entwich seinen Lippen – Dumont! Hier war der Mörder!

Dennis griff nach seinem Messer, halb entschlossen, sich an dem verdammten Kerl zu rächen, der seine Leinen durchschnitten hatte.

In der Hand des Mannes sah er schwach das Glitzern des Stahls. Doch als Dennis sich zum Sprung anspannte, stoppte er die Bewegung – eine weitere undeutliche Gestalt war erschienen! Das Erstaunen hielt Dennis gebannt und ungläubig fest. Es waren nur zwei Taucheranzüge an Bord der Pelican gewesen, da war er sich ganz sicher. Doch hier auf dem Meeresboden standen drei Taucher!

Dumont, die zweite Gestalt – und offensichtlich die des verbrecherischen Kochs – starrte Dennis an, als ob er eine feindliche Bewegung erwarten würde. Doch die dritte Gestalt erhob sich plötzlich mit einem großen Sprung im Wasser, warf sich nach vorne und stürzte sich auf ihn.

In dem Moment hatte Dennis die Antwort – der andere war ein Taucher aus dem Japse-Boot! Im Schutz des Nebels, sich selbst unbeobachtet wissend, hatten sich die kleinen Männer an die Arbeit gemacht!

Gerade als er dies realisierte, sah Dennis die Gestalten der beiden anderen Taucher, wie sie zusammen auf den Grund stürzten, und plötzlich wurden sie von einem roten Nebel verdeckt, der durch das Wasser aufstieg.

Mit Entsetzen begriff Dennis, dass Dumont, erwischt worden war, dass er in seine eigene Falle getappt war – dass er in mörderischer Absicht die Leinen eines Mannes durchgeschnitten hatte, nur um dann von einem unsichtbaren Feind überrumpelt und erstochen zu werden!

Dennis drehte sich um und ließ mit einem wilden Sprung die rot gefärbte Szene hinter sich.

Die ganze Angelegenheit hatte keine zwanzig Sekunden gedauert, von dem Moment an, als er das Klicken des Helmventils gehört hatte, und schon war im Gehirn von Dennis die Erkenntnis gekommen, dass er nur noch eine einzige schwache Hoffnung auf Rettung hatte – fast unbewusst realisierte er das, und fast wie durch eine plötzliche Eingebung sprang er nach oben.

Er sprang nicht auf die Pelican zu, weil er wusste, dass dort keine Hilfe auf ihn wartete, sondern von ihr weg. Er sprang zum zertrümmerten und zerbrochenen Heck der John Simpson.

Geschwindigkeit bedeutete jetzt Leben. Er konnte das Ufer nicht mehr rechtzeitig erreichen, und schon jetzt – war es Tatsache oder Einbildung? – hatte er das Gefühl, dass ihm das Atmen immer schwerer fiel, dass die Luft in seinen Lungen heiß und verdorben war.

Ihm kam der schreckliche Gedanke an einen Taucher, der über den Meeresgrund springt, der in riesigen Sprüngen zwanzig Fuß in die Höhe springt, der wie ein wahnsinniges Tier springt, bis die Luft in seinem Anzug versiegte und er kopfüber in den Schlamm fiel. Es war ein verzweifelter Gedanke.

Kurz darauf zerrte etwas an der Rettungsleine und riss Dennis mit dem Kopf voran nach unten.

Mit dem Messer in der Hand fand er sein Gleichgewicht wieder und dachte, der Japse-Taucher hätte ihn verfolgt, aber es war nur das hintere Ende seiner Leine, sie sich in einem Hindernis verfangen hatte – mehr nicht.

Dennis trennte mit einem Seufzer der Erleichterung die Leine ab und stürzte sich mit einem hohen Satz nach vorn. Mit diesem Hüpfer erreichte er das zertrümmerte Deck der John Simpson. Der hintere Teil des Wracks lag auf einer stark geneigten Ebene, das zerbrochene vordere Ende auf dem Grund, das Heck hoch in seinem Felsennest. Diesen steilen Abhang kroch Tom Dennis hinauf.

Es war schwierig, das Gleichgewicht zu halten und auf dem schleimigen Deck Halt zu finden, und er hielt sich mit der linken Hand an der Reling fest und arbeitete sich langsam nach oben.

Er wagte es nicht, hier zu springen, damit er nicht wie ein Gummiball mit der hinausgehenden Meeresströmung über die Reling gezogen und darüber hinwegfallen würde, denn wenn ein Taucher dreißig Fuß tief fällt, kann er durch den Druck sofort in seinen Helm gequetscht werden – und das wäre nicht schön.

'Ich kann kein Risiko eingehen', dachte Dennis und lachte dann innerlich über diesen Gedanken: Risiken eingehen? Er stützte seine ganze Hoffnung auf Rettung auf Risiken, deren er sich völlig ungewiss war!

Ihm war schnell klar geworden, dass er aus dem Wasser kommen würde, wenn er das hintere Ende des Wracks erreichte, indem er das schräge Deck zum Heck hinaufkroch. Aber würde er es schaffen?

Wie weit war die Flut zurückgegangen? Er wusste es nicht. Er konnte sich nicht erinnern, wann die Flut umgeschlagen war – ob das Wrack nun freigelegt worden war oder nicht.

Dann war da noch der Nebel; ein weiteres Risiko.

Wenn sich der Nebel nur geringfügig gelichtet hatte, sodass diejenigen an Bord der Pelican das Heck des Wracks sehen konnten, würden sie ihre Arbeit mit Gewehren beenden, sollte Dennis auftauchen.

Es bestand also ein doppeltes Risiko. Sollte er sich am Heck des Wracks außerhalb des Wassers befinden, wäre seine einzige Hoffnung, dass der Nebel immer noch so dicht war wie zuvor.

Seine Ohren dröhnten jetzt und verursachten einen Schmerz, der bei jedem Pulsschlag pochte.

Die Luft wurde immer schlechter; Dennis hielt inne, um mehr Luft aus seinem schlabbernden Anzug nach oben zu pressen, und verschaffte sich kurzzeitig Erleichterung.

Es fiel ihm ein, dass er noch einen Freund an Bord der Pelican hatte – den Steward. Sein Messer war absichtlich entfernt worden, aber der Steward hatte sein Fehlen bemerkt. Der kleine Cockney war also nicht in den Mordplan eingeweiht. Dennis schmunzelte ein wenig und wandte sich wieder seiner Kletteraufgabe zu.

Es war harte Arbeit, sich das schleimige, steile Deck hinaufzuschleppen, und er verfluchte die enormen Gewichte, die ihn unten hielten. Mit seiner Müdigkeit schien der Auftrieb aus ihm gewichen zu sein.

Plötzlich blieb er stehen und blickte angestrengt nach oben und nach vorne, während ihn die Verzweiflung wie ein Messer durchbohrte.

Er hatte die hintere Luke erreicht, die offen war und zu seiner Rechten wie ein schwarzes Loch gähnte.

Direkt vor ihm befand sich der Überhang des Vorschiffs – eine acht Fuß hohe Wand, die aufgrund der Lage des Wracks ihren Namen verdiente, soweit es die Situation von Dennis betraf.

Er überragte ihn, und um die Leiter vor ihm hinaufzuklettern, würde Dennis es Schritt für Schritt und Handgriff für Handgriff machen müssen – sonst ging es gar nicht!

Einen Moment lang hielt er inne. Schmerzen hatten ihn gepackt und quälten ihn. Seine Kehle und seine Lungen fühlten sich brennend an.

Er wusste, dass er es nicht mehr lange aushalten würde, und mit einer furchtbaren Anstrengung warf er sich nach vorne.

Das Messer, sein einziges Mittel, um dem Taucheranzug zu entkommen, steckte er in die Scheide seines Gürtels, im Vertrauen darauf, dass es dortbleiben würde.

Dennis hielt sich an den Stufen der Leiter fest und zog sich hoch. Er wagte es jetzt nicht, Energie oder Kräfte zu sparen; er setzte alles auf eine einzige Anstrengung. Wenn er es nicht schaffte, die Poop – den hinteren Aufbau – zu erreichen, war er verloren.

Würgend und krampfhaft nach Luft schnappend, die seine Lungen ausbrannte, kam er schließlich am Ende der Leiter an. Er riss sich noch einmal zusammen, sah das Poop-Deck vor sich und kletterte verzweifelt über den Rand der Leiter.

Bei all seiner Leichtigkeit im Wasser wäre er in diesem Moment fast gescheitert. Einen Augenblick lang spürte er, wie er rückwärts in die Tiefe zu stürzen drohte, dann zog er sich krampfhaft nach oben und schaffte es irgendwie in Sicherheit.

Für einen Moment lang lag er da, schwach und hilflos.

Ein Würgekrampf trieb ihn weiter. Er tastete hinter sich nach seinem Messer, fand es und ging vorwärts.

Das Wasser war jetzt heller – er war fast nahe der Oberfläche. Wie nah?

Wenn das Heck nicht aus dem Wasser ragte, würde er verloren sein. Er hatte Blut in der Kehle, auch seine Nase und seine Ohren bluteten. Zu seinem Entsetzen verlor er das Gleichgewicht, stürzte gegen die Reling und wäre beinahe umgekippt.

Er hielt sich an der Reling fest und zog sich vorwärts.

Ein furchterregender Wahnsinn griff nach ihm, ein krampfhaftes Keuchen nach Erleichterung, und er war nahe daran, seinen Tauchanzug zu zerreißen.

Seine verzweifelten Bemühungen hatten den wenigen verbliebenen Sauerstoff aufgebraucht; er konnte keine gute Luft mehr aus seinem Anzug aufsaugen.

Dann stellte er plötzlich und unerwartet fest, dass ihn ein schreckliches, tödliches, quälendes Gewicht nach unten drückte.

Er sah nur noch das graue Dämmerlicht um sich herum; rote Flecken tanzten vor seinen Augen; dieses furchtbare Gewicht drückte ihn nieder, und was es verursachte, wusste er nicht, es sei denn, es war der Tod.

Er stieß gegen die runde Ausbuchtung des Heckgeländers. Das war das Ende. Weiter konnte er nicht mehr gehen. 'Ja, das ist das Ende!', dachte er verzweifelt. 'Die Flut ist noch nicht genug zurückgegangen.'

Er fiel nach vorne, unfähig, das Gewicht des Kupferhelms zu heben, denn das Gewicht drückte ihn nieder. Er konnte nicht erkennen, was dieses furchtbare Gewicht sein könnte, und es war ihm auch egal. Als er dort lag, griff er nach seinem Messer und beschloss, der Sache ein schnelles Ende zu bereiten. Er wollte nicht länger gequält werden.

Mit einer raschen, kühnen Bewegung riss er die Brust seines Taucheranzugs auf.

Zu seinem Erstaunen geschah nichts. Kein Wasser drang ein. Stattdessen kam ein Hauch kalter, süßer Luft, der buchstäblich Leben in seine Lunge brachte!

Zwei Minuten später richtete er sich auf und sog die gute, saubere Luft in seinen Körper! Da erkannte er, was geschehen war – was für ein schreckliches Gewicht es gewesen war!

Es war nur das Gewicht seines eigenen Körpers und seiner Ausrüstung gewesen. Ohne es zu wissen, war er aus dem Wasser in die dichte Nebeldecke aufgetaucht.

Er war sicher herausgekommen.

XIII. Pontifex will sich zu rächen

»Da soll mich doch der Teufel holen«, bemerkte Bootsmann Joe düster, »wenn sie den armen Frenchy nicht erwischt haben!«

Eine Zeit lang sprach niemand mehr. Mr Leman spuckte über die Reling und starrte durch den Nebel in Richtung des unsichtbaren japanischen Schiffes. Die 'Missus' war in ihre Kabine gegangen, als seine Leiche an Bord gezogen wurde.

Kapitän Pontifex stand da und blickte auf die Gestalt hinunter, die noch immer in ihren Taucheranzug gehüllt war, und seine bleichen, höhlenartigen Züge waren giftig vor Wut.

»Eher hätte ich jeden an Bord verloren als Dumont – außer der 'Missus' natürlich«, sagte er leise. »Und wenn man bedenkt, dass sie ihn erwischt haben müssen, kurz nachdem er Dennis erledigt hatte.«

»Aye«, sagte Bootsmann Joe.

Es war ganz offensichtlich, wie Frenchy sein Schicksal ereilt hatte. In seinem Körper steckte ein langes Messer mit einem von Haifischhaut überzogenen Griff – eindeutig ein japanisches Messer – das so fest in ihm drinsteckte, dass es sich nicht einfach herausziehen ließ.

»Nun«, wandte sich der Skipper ab, »sehen Sie zu, dass er ordentlich zugenäht wird, Mr Leman, und wir werden ihn seemannsgerecht begraben. Kümmern Sie sich auch darum, den Anzug zu flicken.«

Als der Skipper nach achtern verschwunden war, blickte Bootsmann Joe zu Mr Leman. »Worüber denkt der Skipper nach? Er wird doch nicht tatenlos zusehen, wenn Frenchy getötet wurde?«

Mr Leman zupfte nachdenklich an seinem Schnurrbart und blinzelte über seine gebogene Nase hinweg.

»Nicht er, Bootsmann – nicht er! 'Bis morgen soll der Anzug wieder bereit sein', hat er gesagt. Warten Sie nur bis heute Abend, Bootsmann! Dass den Japsen nichts zustößt, kann ich mir nicht vorstellen. Überlassen Sie das ihm und der 'Missus'! Wenn dieser verflixte Nebel nicht aufbricht, wird er ihnen schon was zeigen.«

Den ganzen Nachmittag über schaukelte die Pelican untätig vor Anker. Diejenigen, die an Bord waren, konnten sich leicht ausrechnen, wie Dumont zu seinem Ende gekommen war. Das Messer erzählte die ganze Geschichte. Die Aufregung am Ende der Leinen, Dumonts verzweifeltes Signal zum Hochziehen, all das erklärte sehr deutlich, dass er auf einen Taucher des feindlichen Schiffes gestoßen war. Die Japse hatten natürlich Tauchgeräte.

Auf der Pelican herrschten Unmut und Wut, vom Kapitän bis zum kleinsten Kanaka. Alle an Bord waren in heller Aufregung wegen der Bergung und des Schatzes, und deshalb hatte Pontifex bei allem, was er versuchen würde, eine fest geeinte Mannschaft hinter sich.

Frenchy war nicht sonderlich beliebt gewesen, aber seine Ermordung zeigte, dass der Feind es ernst meinte – und zur Verteidigung ihres Schatzes war die Besatzung der Pelican nur zu gern bereit zu kämpfen.

Im Laufe des Nachmittags verdichtete sich der Nebel eher, als dass er sich lichtete. Am Ende der ersten Hundewache wurden alle Mann an Bord gerufen, und Frenchy wurde, mit dem üblichen Eimer Walfett überschüttet, in die Tiefe geschickt.

Jemand meinte, dass es keine Chance gab, auch den Geist von Dennis auf diese übliche Weise zu bändigen, und innerhalb von fünf Minuten war diese Bemerkung durch die Brigg gegangen.

Niemand kümmerte sich besonders darum, wie Dennis zu Tode gekommen war, aber alle an Bord waren im höchsten Maße abergläubisch.

Mr Lemans Gesicht zeigte ein ängstliches Stirnrunzeln, das seine glatte Miene störte, und auch der Kapitän schien beunruhigt, als er das Gerücht hörte. »Nicht, dass ich mich um irgendwelche Geister scheren würde«, vertraute er der 'Missus' an, »aber das macht eine schlechte

Stimmung an Bord. So ein Unsinn! Ein Geist kommt sowieso nicht zurück.«

»Davon habe ich aber schon gehört«, sagte die 'Missus' düster, aber bestimmt. »Und woran die Leute glauben, wird oft wahr. Merke dir meine Worte!«

Die Miene des Kapitäns hellte sich auf. »Man sagt aber auch, dass ein Todesfall an Bord immer Wind mit sich bringt. Wir sollten uns also besser mit den Japsen beschäftigen, bevor sich der Nebel lichtet!«

Dieser Aberglaube war an Bord ebenso bekannt, und es wurde vorhergesagt, dass der Nebel bis zum Morgen verschwunden sein würde. Innerhalb der nächsten Stunde waren jedoch alle an Bord zu beschäftigt, um sich weiter mit Aberglauben zu befassen.

Als die Dunkelheit hereinbrach, ohne dass Kapitän Pontifex etwas unternahm, machte sich offenes Murren an Deck breit. Es wurde dann vom Kapitän persönlich zum Schweigen gebracht, als er erschien und zwei der Walfangboote zu Wasser ließ.

»Mr Leman«, befahl er leise, und die gesamte Mannschaft hörte gespannt zu. »Sie übernehmen das Kommando über ein Boot. Legen Sie sechs dieser Ölsäcke aus dem Lagerraum an Bord. Dämpfen Sie die Ruder. Nehmen Sie einen Kompass und orientiere Sie sich. Zwei von euch kommen mit nach achtern.«

Zwei der weißen Männer eilten nach hinten und folgten dem Skipper auf dem Niedergang. In fünf Minuten tauchten sie wieder auf und kämpften unter dem Gewicht des Stolzes des Walfangschiffs – dem grün gestreiften Teeglas.

Ohne die große scharlachrote Geranienpflanze, die jetzt nicht mehr drin war, hätte es leicht sein müssen, aber er schien unerklärlich schwer zu sein.

»Ganz ruhig!«, schnappte der Skipper.

»Corny, scheren Sie ein Seil durch den Block an der Rah am Hauptmast und schewnken Sie das Glasgefäß in das Boot – nicht in Mr Lemans Boot, sondern in meins.«

»Bootsmann, gehen Sie hinein und stellen Sie es in den Bug.«

Ericksen schien seine Aufgabe nicht im Geringsten zu genießen, aber er gehorchte. In zehn Minuten war das Gefäß sicher im anderen Walboot verstaut. Aus diesem Boot war zunächst die gesamte Walfangausrüstung entfernt worden, nur sechs Ruder blieben übrig.

»Rein mit Ihnen, Corny«, befahl der Skipper. »Sie und Ericksen mit vier Kanakas werdet mich rausrudern. Mr Leman, fahren Sie ganz langsam voraus; wenn Sie das Japse-Schiff sehen, schütten Sie das Öl aufs Wasser und bleiben dann zurück, um uns abzuholen.«

Er drehte sich um, um der 'Missus' einen Kuss zuzuwerfen.

»Auf Wiedersehen, meine Gute! Du bestehst also darauf, das dritte Boot zu nehmen?«

»Ich glaube, ich kann es genauso gut wie Du«, erwiderte die 'Missus' teilnahmslos. »Viel Glück!«

»Dir auch«, antwortete der Skipper.

Sechs Mann befanden sich an den Rudern von Mr Lemans Boot, vier weitere im Boot des Kapitäns.

Mrs Pontifex beorderte das vordere Boot nach unten ins Wasser und die fünf verbleibenden Männer in ihr Boot. Sie reichte ihnen Gewehre, dann wandte sie sich an den zitternden Steward.

»Ich lasse Sie das Schiff hüten«, erklärte sie fest. »Neben dem Ruder ist eine Schrotflinte; wenn jemand an Bord kommen will, schießen Sie! Wer weiß, vielleicht haben die Japse am Ufer gearbeitet – aber wir geben ihnen etwas anderes, über das sie nachdenken können.«

Mit diesen Worten stieg sie in ihr Boot, den Kompass in der Hand, befahl ihren Ruderern, loszufahren, und verschwand in der Dunkelheit des Nebels – sie folgte dem Skipper nicht, sondern wich seitlich von seinem Kurs ab.

Der Steward eilte auf das Achterdeck, nahm die Flinte mit und hockte sich auf die Reling.

Dem Cockney fehlte es nicht an Scharfsinn. Er hatte in der letzten halben Stunde in der Achterkajüte ein Durcheinander aufgeräumt, und er wusste, dass es sich bei diesen herumliegenden Sachen um die Überreste mehrerer Munitionspakete handelte und aus den Munitionskisten herausgeholt wurden, die am Morgen zuvor an Bord gebracht worden sind. Er wusste, dass die scharlachrote Geranie in ein Fass umgepflanzt worden war; er wusste, dass dieses Fass zuvor mit Schießpulver gefüllt war; er wusste auch, dass der Kapitän mühsam eine Zündschnur gebastelt hatte – und dass nun Ebbe herrschte.

Als er so auf der Steuerbordreling hockte und den dichten Nebel betrachtete, hatte der Steward eine ziemlich klare Vorstellung davon, was zu erwarten war.

'Gott helfe den gelben Schweinen!', sagte er nachdenklich zu sich. 'Der Skipper wird das Öl auslaufen lassen, und es wird mit der Strömung um sie herumtreiben. Darauf hat er gewartet, der alte Fuchs!'

'Wenn das Öl um das Schiff herum ist, schickt der Kapitän sein Boot zum Japse-Schiff. Ho!'

'Dann steigt er in Mr Lemans Boot und zündet zuerst die Lunte an, dann zündet er das Öl an.'

'Öl und Zündschnur, und dann das Glasgefäß mit dem Schießpulver; verdammt, er ist ein Fuchs, ein richtiger Fuchs! Ho!'

'Und dann kommt die 'Missus' dazu und – '

' – aber ich wette', dachte er ein wenig erschrocken, 'dass der Kapitän nicht weiß, wie trocken die Zündschnur ist! Er denkt, sie ist so nass, wie sie war, als er sie gemacht hatte, das tut er bestimmt! Nun, warten wir ab – '

Seine Überlegungen endeten in einem Kichern. Der Steward, der keine Gefahr für sich persönlich erwartete, kümmerte sich keinen Deut darum, was draußen im Nebel vor sich ging; er freute sich vielmehr auf eine sehr angenehme Zeit.

Die Gezeiten hatten sich gedreht, das stimmte, und es herrschte starke Ebbe.

Der Steward drehte sich eine Zigarette, streckte sich an der Reling aus und wartete gemütlich.

Er spürte, wie das Schiff sich hob und zerrte und vibrierte, während der Sog der Gezeitenströmung es an den Trossen von Bug und Heck hin und her schwenkte. Dabei schaute er mit träger Erwartung in die düsteren Nebelbänke. Er war fest entschlossen, sich zu amüsieren – in seiner Position eines Zuschauers in der ersten Reihe.

Seine Aufmerksamkeit weiter auf den Nebel gerichtet, und er wartete auf das erste Aufflackern der gelben Flamme und den ersten wilden Alarmschrei, während er seine eigene Umgebung nicht weiter beobachtete.

Er war kein richtiger Seemann, und als die Pelican einen seltsamen kleinen Seitwärtsschlag machte, verlagerte er nur leicht seine Position und dachte, dass eine Welle sie getroffen haben musste.

Noch immer kam kein Geräusch aus dem Nebel, kein Anzeichen von flackerndem Öl oder kämpfenden Männern.

Der Steward zündete sich eine Zigarette an und stellte fest, dass das Entleeren der Ölsäcke sehr lange zu dauern schien.

Vielleicht fünf Minuten später ertönte ein merkwürdiges Geräusch von vorne – ein Geräusch, das dem Reißen einer gespannten Geigensaite nicht unähnlich war, aber tiefer. Der Steward hörte nichts davon; aber ein Seemann hätte gewusst, dass irgendwo ein gespanntes Kabel gerissen war.

Als dann die Brigg sanft und gleichmäßig zu schwanken begann, nahm der Steward wieder an, dass es sich um eine starke Welle oder etwas Ähnliches handeln musste.

Hinter ihm bewegte sich eine eigenartige, groteske Gestalt – eine Gestalt, die ein seltsames, albtraumhaftes Wesen hätte sein können, das sich lautlos in der Dunkelheit bewegte; eine Gestalt mit einem riesigen, knolligen Kopf, der auf monströse und unheimliche Weise auf seinen Schultern schaukelte.

Die Gestalt blieb direkt hinter dem Steward stehen, dessen Position durch die glühende Zigarette ziemlich sicher zu bestimmen war.

»Hände hoch!«, schrie plötzlich eine Stimme.

Der Steward stürzte von der Reling und plumpste rücklings aufs Deck. Ein leiser Schrei des Entsetzens entwich ihm, als er zu der grotesken, entsetzlich geformten Gestalt hinaufstarrte, deren Größe durch den Nebel noch verstärkt wurde.

Die Gestalt stand jetzt über ihm, und ein Gewehr stieß ihm in die Rippen.

»Haben Sie Mitleid«, heulte der verängstigte Steward. »Ich bin ein armer, unschuldiger Mann –«

»Ach, Sie sind es! Ich habe Sie nicht erkannt, Steward«, sagte die Stimme von Dennis. »Wo sind denn alle? Stehen Sie auf, alter Junge – ich werde Ihnen nichts tun!«

Als er die vertraute Stimme von Dennis erkannte, konnte der Steward nur ein entsetztes Keuchen von sich geben. »Tun Sie mir nichts, Sir!«, flehte er, faltete die Hände und ging in verzweifelter Angst auf die Knie. »Ich habe nichts damit zu tun, Sir – «

»Gütiger Himmel, ich bin doch kein Geist!« Dennis lachte. »Wo ist der Skipper?«

»Weggegangen, Sir«, zitterte der Steward. »Alle sind weg.«

»Wohin?«

»Um gegen das Japse-Schiff zu kämpfen, Sir.«

»Sie sind ganz allein an Bord?«

»Ja, Sir.«

Dennis brach in Gelächter aus, ließ sein Gewehr fallen, ergriff die Hand des Stewards und zog ihn hoch. »Kommen Sie, Mann, haben Sie keine Angst!«, rief er aus. »Ich bin ein Mensch aus Fleisch und Blut. Aber Sie müssen mir diesen Helm abschrauben. Das Ding bringt mich um, und ich kann es nicht loswerden. Ich habe schon den Rest des Anzugs weggeschnitten – machen Sie sich dran, sofort!«

Dennis setzte sich auf das Deck. Noch immer zitternd löste der Steward die Verschlüsse des Helms und schraubte die große, verzinnte Kupferkugel ab.

»Oh, das fühlt sich aber gut an!«, seufzte Dennis, »Ich konnte das Visier öffnen, aber das Ding nicht abnehmen. Jetzt die Nackenplatte – «

Einen Moment später stand Dennis aufrecht und tastete vorsichtig seinen Hals und seine Schultern ab. Plötzlich lachte er wieder und ergriff die Hand des Stewards.

»Entspannen Sie sich, alter Mann!«, rief er herzhaft. »Sie kämpfen also alle gegen die Japse, was? Mrs Pontifex auch?«

»Ja, Sir.«

»Und Sie Stewart, haben Sie nicht bemerkt, dass ich das alte Schiff von den Leinen abgeschnitten habe und dass wir mit der Flut nach draußen treiben?«

Der arme Steward zuckte zusammen und blickte sich um, aber die Nebeldecke war zu dicht.

»Treiben, Sir?«, stieß er ängstlich hervor. »Und was wird der Skipper tun?«

»Der Skipper interessiert mich! Ich bin es, der sich Sorgen machen muss!«, sagte Dennis und kicherte.

»Sehen Sie, Steward – ich weiß, dass Sie nicht in den Plan eingeweiht waren, mich zu ermorden; dass Sie mir das Messer gegeben haben, hat das bewiesen. Wir werden also zusammenhalten, alter Mann, und wenn wir aus dieser Sache herauskommen, werde ich dafür sorgen, dass auch *Sie* etwas davon haben werden.«

»Nachdem Dumont meine Leinen gekappt hatte«, fuhr Dennis fort, »stieg ich am Heck des Wracks hoch und kam nach oben.«

»Dank des Messers, das Sie mir gegeben haben, wurde ich den größten Teil des Taucheranzugs los und konnte an Land gehen. Dann, als es dunkel wurde, kamen zwei Boote mit Japsen an Land, die nicht wussten, dass ich dort war. Sie kamen wahrscheinlich in der Absicht, die Pelican später anzugreifen. Aber ich habe ihre Boote aufs Wasser hinausgedrückt und bin in einem von ihnen an Bord gekommen – und habe auch ihre Gewehre mitgenommen.«

Er lachte herzhaft. »Sehen Sie, Steward – die Japse sind auf der Insel gestrandet! Der Skipper greift gerade ihren Schoner an. In der Zwischenzeit treiben wir aufs Meer hinaus, und – wie ist das?«

»Verdammt, Sir!« Der Steward starrte ihn an. »Das ist urkomisch!«

»Für jemanden wird es das bestimmt sein«, sagte Dennis grimmig. »Und jetzt holen Sie mir was zu essen.«

»Ja, Sir. Hier entlang, Sir.« Der Steward, der sich noch immer nur halb bewusst zu sein schien, was geschehen war, wandte sich der Kombüse zu.

In diesem Augenblick erhob sich von irgendwoher im Nebel ein furchtbares Geschrei, ein Geschrei, das bebte und schnell erstarb.

Der Steward blieb stehen und blickte über die Steuerbordseite, aber das Schiff hatte sich gedreht und ging mit der Strömung hinaus.

Es war über dem Bug auf der Backbordseite, wo ein wilder Lichtschein schimmert. Dennis sah es und rief:

»Die Narren! Sie haben sie angezündet!«, rief Dennis.

»Nein, Sir, das ist das Öl!«

Atemlos erklärte der Steward den Angriffsplan des Skippers.

Noch bevor er geendet hatte, weitete sich die Lichtfackel zu einem breiten Strom aus, der den ganzen Nebel rot erleuchtete. Dazu ertönten neue Schreie – schrille, durchdringende Schreie. Dann ertönte auf der einen Seite ein Knattern von Gewehren. Es war das Boot der 'Missus', welches das Japse-Schiff geschickt aus einem weiten Winkel mit Kugeln beschoss.

Plötzlich ertönte ein heiseres Geschrei, dem fast gleichzeitig eine einzige gewaltige Detonation folgte, deren donnernde Erschütterung die Pelican ins Taumeln und Zittern brachte. Das grün gestreifte Glasgefäß war explodiert.

Nach diesem einen berstenden, zerreißenden, zerschmetternden Krachen folgte eine rasche Dunkelheit. Durch diese Schwärze drangen bruchstückhafte Schimmer, als das verstreute und weit verstreute Öl hier und da aufflammte, nur um dann wieder zu erlöschen.

»Gütiger Himmel!«, rief Dennis erschrocken und verblüfft aus. »Der alte Pontifex hat mit dieser Bombe mehr bekommen, als er erwartet hat, oder liege ich da falsch?«

Die Pelican war bereits weit weg vom Ort der Explosion, und was dort im Nebel geschehen war, ließ sich nicht sagen.

Ob das feindliche Schiff zerschmettert worden war oder ob die Walfangboote selbst die Wucht der Explosion abbekommen hatten, konnte nicht festgestellt werden.

Alles war still und dunkel in diesem Bereich. Doch von achtern ertönte ein Chor von entfernten, zitternden Schreien, als die auf der Insel gestrandeten Japse den Verlust ihrer Boote bemerkten. Ansonsten war alles ruhig und still.

»Nun, Steward«, sagte Dennis in der Stille. »Machen wir uns an das Essen. Ich brauche es.«

»Ja, Sir«, antwortete der Steward kleinlaut.

Die Pelican trieb mit der Strömung hinaus, schwankte und schaukelte sanft in dem leichten Seegang, der den Nebel aufsteigen ließ.

Erst eine Stunde später kam der erste Lufthauch – der Wind, der, wie die Seeleute sagen, immer nach dem Tod kommt.

XIV. Die das Schwert nehmen –

Ein herrlicher Sonnenaufgang zeigte sich über dem Meer und tauchte die Gipfel der Inseln im Norden in einen purpurroten und goldenen Schimmer.

Dennis erwachte – er hatte sich auf einer Decke auf dem Achterdeck zum Schlafen hingelegt – und erfreute sich an der goldenen Pracht über ihm; dann wurde ihm klar, dass der Steward ihn rief, und er sprang auf.

Die Pelican, mit ihren eingeholten Segeln, war von der Brise aus Nordwesten nur wenig beeinflusst worden. Sie hatte sich dennoch schon einige Meilen von ihrem letzten Ankerplatz entfernt, und da Dennis kein Fernglas zur Hand hatte, konnte er nicht sagen, ob das japanische Schiff noch bei der Insel lag oder nicht.

»Da kommt ein Boot auf uns zu, Sir«, ertönte die Stimme des Stewards von vorne.

Dennis erblickte es sofort und sah, dass es ein Fischerboot sein musste – ein robustes, einfaches kleines Boot, das nur zwei Personen zu tragen schien.

Als er hinschaute, sah er, wie das braune Segeltuch herunter flatterte. Es kam von Nordosten, und als das Segeltuch verstaut war, steuerte es direkt auf die Pelican zu.

'Es sieht so aus, als hätte es einen Motor', überlegte Dennis.

Er schwang sich den Niedergang hinunter und fand das Fernglas des Kapitäns. Mit diesem kehrte er auf das Deck zurück.

Da er weniger an dem Fischerboot als an der Lage auf der Insel interessiert war, befasste er sich zuerst mit dem letzteren Punkt.

Der Steward war zu ihm gekommen und wartete gespannt auf Auskünfte.

Zur großen Überraschung von Dennis war kein Schiff in Sicht. Auch auf den felsigen Klippen der Insel selbst konnte er kein Lebenszeichen ausmachen, aber etwa eine Meile von der Brigg entfernt entdeckte er ein Boot, das mit dem Kiel nach oben schwamm. Es war ein Walfangboot, und als es sich in der See drehte, konnte Dennis die Zahl '2' erkennen, die auf dem Bug aufgemalt war.

»Das ist das Boot, mit dem Mr Leman gestern Abend losgefahren ist. Mich soll der Teufel holen, wenn es nicht so ist!«, rief der Steward aus, als er die Nummer von Dennis erfuhr.

»Sonst nichts in Sicht, Sir?«

»Nein – halt warten Sie!« Dennis entdeckte etwas, das sich am Nordende der Insel bewegte.

»Donnerwetter«, rief er aus, »da ist noch ein Boot – es scheint in dieser Richtung zu fahren. Es ist jemand an Bord; sie setzen ein Segel. Es scheinen nur zwei oder drei zu sein – «

»Das Fischerboot kommt uns entgegen, Sir«, unterbrach der Steward. »Sollen wir es herankommen lassen?«

»Auf jeden Fall«, antwortete Dennis und richtete sein Fernglas auf das Boot, das sie zuerst gesichtet hatten.

In ihm regte sich plötzlich Erstaunen – Erstaunen und verwirrter Unglaube. Eine Gestalt an Bord kauerte mittschiffs über dem Motor und war nicht zu erkennen; aber im Heck saß – welch Wunder – Florence!

Es konnte keinen Zweifel geben. Sie war dick in Pelzmäntel gehüllt, aber Dennis sah ihr Gesicht scharf und deutlich – ihre blassen, begierigen Züge, ihre braunen Augen, die auf das Walfangschiff gerichtet waren, ihre mit Pelzhandschuhen geschützte Hand an der Pinne des Bootes.

Mit einem wilden Freudenschrei sprang Tom Dennis auf und winkte mit den Armen, und er sah, wie Florence zurückwinkte.

»Das ist meine Frau, Steward – hurra!«

Dennis rannte nach vorne, um dem Cockney zu helfen.

»Sie muss den ganzen Weg von Unalaska in diesem Boot gekommen sein! Hier, machen Sie eine Leine an der Taucherleiter am Rumpf bereit; es wird ein leichter Aufstieg sein. Großer Gott, was für eine Überraschung!«

»Ja, Sir«, erwiderte der Steward und fügte hinzu: »Und es ist ein Glücksfall, dass sie nicht schon in der letzten Nacht angekommen ist!«

»Darauf können Sie wetten«, sagte Dennis andächtig. »Dem Himmel sei Dank für den Nebel – er muss sie daran gehindert haben, die Insel zu erreichen!«

Als sich das Fischerboot dem Walfangschiff näherte, erkannte Dennis den Mann beim Motor – es war derselbe griesgrämige Fischer, den er angeheuert hatte, um Jerry abzuholen.

Der Fischer schaltete seinen Motor ab und kam zum Bug, um die Leine entgegenzunehmen, die der Steward auswarf.

Das Boot fuhr neben die treibende Pelican heran. Florence, die sich steif erhob, wurde von ihrem braungebrannten Helfer auf die Leiter geholfen, und einen Augenblick später hielt Dennis sie in seinen Armen.

»Was um Himmels willen!«, rief er aus, als sie in eine Mischung aus Tränen und Lachen ausbrach. »Was hat dich hierhergeführt, Liebste?«

»Du, Tom!«, rief sie aus. »Jerry hat uns gesagt, dass sie dich in einem Taucheranzug hinunterschicken wollten und – oh, ich bin froh, dass wir nicht zu spät kommen! Kapitän Nickers war ein Schatz, Tom – «

Dennis schüttelte dem Fischer die Hand, der grinste und das Schiff betrachtete. »Sieht ziemlich ramponiert aus, was?«, sagte Nickers. »Wo sind denn alle?«

Florence blickte schnell um sich. »Oh! Wo sind sie, Tom? Schnell, du musst verschwinden – «

»Immer mit der Ruhe«, sagte Dennis und deutete auf das Walfangboot, das ihnen im Wind entgegenkam. »Wo sie sind, weiß ich nicht! Es ist eine Menge passiert. Du bist also den ganzen Weg hierhergekommen, um mich zu warnen?«

»Darauf können Sie wetten«, sagte Nickers. »Dennis, wenn ich so eine Frau hätte wie Sie, würde ich eine Million Dollar dafür geben! Die Fahrt hier rüber ist kein Kinderspiel für eine Dame, das kann ich Ihnen sagen; aber sie hat wie ein alter Hase mit mir Wache gehalten. Nun, sie ist ein richtiges Wunder!«

»Wir mussten das einfach tun«, lachte Florence und errötete unter den glühenden Worten des alten Nickers. »Ich hatte furchtbare Angst um dich, Tom, und wir konnten sonst niemanden finden – aber sag uns, was ist passiert?«

Dennis warf einen Blick auf das andere herankommende Boot und sah, dass es sie erst in zehn Minuten erreichen würde. Also schickte er den Steward los, um Kaffee zu kochen, und schilderte Florence und Nickers kurz die Lage, wobei er seine eigene Gefährdung herunterspielte.

»Wo die Japse sind«, schloss er, »habe ich nicht die leiseste Ahnung. Und ich kann mir nicht erklären, was letzte Nacht passiert ist – wohin Pontifex und die anderen gegangen sind.«

»Ich glaube nicht, dass er das Japse-Schiff in die Luft gesprengt hat, denn außer dem Boot von Mr Leman sehe ich keine Anzeichen von Wrackteilen.«

»Nun, jetzt kommt dieses andere Boot rein. Was ist das am Heck, Nickers?«

Da Dennis in der Aufregung, Florence an Bord zu bringen, sein Fernglas fallen gelassen hatte, konnte er nur erkennen, dass das sich nähernde Walboot von drei Kanakas der Pelican-Besatzung bemannt war, aber an seinem Heck befand sich eine eigenartige, unförmige Masse, die seltsam schrecklich aussah.

Über den vorderen Ruderbänken lagen zwei stumme braune Gestalten, leblos und offensichtlich tot. Es war deutlich erkennbar, dass von diesem Boot nichts zu befürchten war.

»Aber, Tom!«, Florence ergriff den Arm von Dennis, und hatte ein wildes Erschauern in ihrer Stimme: »Im Heck – es ist Mrs Pontifex.«

Einer der Kanakas trat über die toten Körper seiner beiden Kameraden hinweg nach vorne und rief nach einer Leine, als das Segel des Bootes herunterfiel. Nickers warf ein weiteres Seil, und das Walfangboot fuhr neben das Fischerboot.

Dann rührte sich Mrs Pontifex zum ersten Mal – und Dennis sah, dass ihr Kopf in Verbände gehüllt war. Die Kanakas, erschrocken und zitternd über das Erscheinen von Dennis, den sie für tot gehalten hatten, kamen an Bord, um halfen der 'Missus'.

Ihre Geschichte war grauenhaft: Bei der ersten Flamme des lodernden Öls hatten sie das Feuer auf das Japse-Schiff eröffnet und damit einen Befehl der 'Missus' befolgt.

Doch mit der Explosion hörten sie auf zu schießen; sie waren ohnmächtig worden. Als sie erwachten, fanden sie zwei von ihnen tot vor – und die 'Missus' war blind. Die ganze Nacht über hatten sie in der Brandung geschaukelt, nachdem sie vergeblich versucht hatten, die Pelican zu finden.

Das japanische Schiff war verschwunden. Sie hatten Männer gehört, die vom Ufer aus zu ihr hinausschwammen, und sie hatten das Geräusch von Rudern vernommen; dann war ihr Motor angesprungen.

Es war ganz klar, dass die Japse in Panik geraten waren. Nachdem sie ihre Männer, die an Land gewesen waren, geholt hatten, drehten sie um und flohen.

Florence hatte in der Zwischenzeit der stöhnenden Mrs Pontifex geholfen, unter Deck zu kommen.

Auf seine Nachfragen konnte Dennis von den Kanakas keine Antwort bezüglich Mr Leman oder Pontifex erhalten.

Sie waren im Morgengrauen gelandet, hatten die Insel aber verlassen vorgefunden. Als sie dann die Pelican auf der Leeseite sahen, machten sie sich auf den Weg zu ihr und kamen dabei an dem schwimmenden Walfangboot vorbei. Sie identifizierten es zweifelsfrei als das Boot von Mr Leman.

Der Steward kam während des Gesprächs mit kleinen Bechern voll Kaffee vorbei und mischte sich nun in die Diskussion ein.

»Verzeihen Sie, Sir«, sagte er zu Dennis, »aber ich glaube, ich weiß, was passiert ist, Sir.«

»Ach ja? Dann raus mit der Sprache!«

»Nun, etwa so, Sir:

Der Kapitän hat seine eigene Zündschnur für die Bombe benutzt, und ich habe gesehen, wie er sie gemacht hat. Er hat sie nass gerollt, Sir, aber er hat sie am Nachmittag gemacht, Sir, und bevor er sie in der Nacht benutzen konnte, war die verdammte Zündschnur ausgetrocknet, Sir. Und als er sie angezündet hat, war sie keine Zündschnur mehr, sondern ein ganz normaler Pulverstrang, Sir – «

Dennis wandte sich ab, erschüttert von dem Gedanken, was geschehen sein musste. Die Explosion muss fast augenblicklich stattgefunden haben – kein Wunder, dass Mr Lemans Boot kieloben trieb! Pontifex und Ericksen und Corny und die anderen – alle weg!

»Nun«, sagte Nickers phlegmatisch und nippte an seinem heißen Kaffee, »ich kann nur sagen, dass der alte Pontifex wohl das bekommen hat, was er den anderen geben wollte. He?«

Dennis nickte und verließ die Stelle. Er holte sich vom Steward Kaffee und Kekse und ging zum Niedergang, doch auf der Leiter traf er auf Florence, die allein nach oben kam.

»Ich bringe das zu Mrs Pontifex«, sagte Dennis.

»Das hat keinen Zweck, Tom«, unterbrach ihn Florence mit blassem Gesicht. »Das arme Ding, sie kann noch nicht essen; Tom, sie ist in meinen Armen zusammengebrochen – oh, ich kann nicht davon sprechen! Die arme Frau – «

Dennis drängte ihr einen Schluck Kaffee auf, und Florence schluckte die heiße Flüssigkeit. Das brachte Farbe auf ihre blassen Wangen.

»Sie ist also körperlich gebrochen, was?«, sinnierte Dennis.

»Das arme Ding – sie kann einem nur leidtun, Florence, und doch hat sie in gewisser Weise alles verdient, was passiert ist.«

»Was sollen wir denn jetzt tun? Mit uns selbst, meine ich, und mit diesem Schiff und der Bergung.«

Er erklärte kurz, was mit Pontifex und Mr Leman geschehen sein musste, wobei er das Ereignis so gut wie möglich beschönigte.

Aber Florence schien nicht zuzuhören. Sie stand an der Reling und blickte lange auf die purpurnen Gipfel im Norden hinaus.

Plötzlich drehte sie sich zu ihm um, ein schwaches Lächeln auf den Lippen.

»Tom, als Erstes müssen wir in Unalaska alles in Ordnung bringen! Bevor ich abgereist bin, habe ich den Behörden alles erzählt. Sie versuchen, den Zoll-Kutter zu bekommen, aber den brauchen wir jetzt natürlich nicht.«

»Wir können die Pelican von Mrs Pontifex chartern – für einen Teil aus den Erlösen der Bergung. Das wird der armen Frau etwas Geld zum

Weiterleben geben. Wir können dann zurückkommen und noch alles Verbliebene aus Vaters altem Schiff herausholen.«

»Einverstanden«, sagte Dennis und drehte sich um.

»Sagen Sie, Käpt'n Nickers! Meinen Sie, wir können das Schiff mit den Männern, die wir haben, nach Unalaska bringen?«

»Ich denke schon«, meldete sich die Stimme des ergrauten Fischers. »Ich habe ein Kapitänspatent, und wenn ich keinen Kurs setzen kann, dann stimmt etwas mit den Genehmigungen der Regierung nicht!«

Dennis blickte eifrig zu Florence. »Wir machen ihn zum Skipper – ja? Und wir geben ihm auch einen Anteil am Gewinn – «

Ihre Arme legten sich um seine Schultern. »Oh, Tom – wir werden *alles* tun, nicht wahr? Aber du wirst mich nie wieder zurücklassen.«

»Nicht sehr weit!« Dennis presste seine Lippen auf die ihren und lachte leise.

Ausgang der Geschichte – die Fahrt zurück

Vier Monate nachdem Tom Dennis aus Marshville verschwunden war, wurde das schmuddelige und verschlossene Büro des *Clarion* wieder geöffnet. Dennis war zurückgekehrt – und er war nicht allein zurückgekehrt.

Die Hypothek des Bankiers Dribble wurde gelöscht und im schäbigen Hinterzimmer des *Clarion* wurde eine neue Linotype-Maschine installiert.

Die erste Ausgabe der Zeitung verkündete, dass sie wieder da war und bleiben würde – und sie blieb!

Außerdem wurden einige sehr gute Farmen entlang des Flusses von einem Herrn namens Nickers gekauft. Dieser hatte wissen lassen, er sei ein pensionierter Kapitän und wolle nun den Beruf des Landwirts auf Mutter Erde ergreifen – der Traum eines jeden Seefahrers.

Jeden Nachmittag um fünf Minuten vor zwei schritt Mr Nickers die Straße hinunter und betrat das Büro des Clarion. Das große vordere Büro war jetzt in zwei Räume unterteilt. Mr Nickers ging immer zum zweiten Raum, trat ein und schloss die Tür hinter sich.

Eines Nachmittags kam er jedoch etwas früher als sonst. Tom Dennis, der sich im zweiten Zimmer aufhielt, schüttelte ihm herzlich die Hand.

In der Ecke am Fenster mit Blick auf die Main Street saß ein Mann mit riesigem Körperbau und massigen Gesichtszügen, der sich nur mit Mühe und mithilfe eines Stocks bewegen konnte.

Miles Hathaway würde nie wieder der Mann sein, der er einmal war, aber zumindest konnte er sich fortbewegen. Moderne Chirurgen können vieles tun, was für den Laien wie ein Wunder erscheint.

Hathaway streckte seine große Hand aus und ergriff herzhaft die von Nickers; dann erhob er seine raue, dröhnende Stimme zu einem Schrei, der das Glasfenster fast zum Klirren brachte.

»Jerry! Wo bist du – oh, da bist du ja!«

»Ja, Sir«, kam die sanftmütige Stimme eines mondgesichtigen Jungen, der zur Tür hereinsprang. Er war in eine Druckerschürze gekleidet und hatte ein sehr schmutziges Gesicht, wie es die Folge für einen jeden Druckerlehrling ist, der noch den 'Schriftläuse'-Scherz* aus alter Zeit durchlebt. Aber er war ganz offensichtlich ein sehr glücklicher Junge.

[* Erfundene Läuse. Das Opfer dieses Druckerwitzes soll sie durch genaues Betrachten eines Schriftsatzes finden, der zuvor mit Wasser versehen und vom Scherzbold im Moment der Inspektion des Opfers zusammengedrückt wurde, wodurch dem armen Kerl schmutziges Wasser ins Gesicht gespritzt wird]

»Schlag vier Glocken!«, brüllte Miles Hathaway. »Und hole meine Pfeife und meinen Tabak.«

Dennis winkte Jerry zu und flüsterte etwas.

Der Junge schlug eine Schiffsglocke aus Messing in der vorgeschriebenen Größe von acht Zoll an, die in der Nähe der Tür hing – schlug sie ein-zwei, ein-zwei, wie eine Schiffsglocke geschlagen werden sollte, und verschwand dann eilig.

Kaum war er weg, kam Florence ins Zimmer, mit einem Lächeln und einem Kuss für alle Beteiligten – was Kapitän Nickers zwar mächtig in Verlegenheit zu bringen schien, ihn aber nicht sonderlich störte!

Florence setzte zum Sprechen an, hielt dann aber inne, als Jerry mit einem Tablett mit Gläsern und einer langen grünen Flasche den Raum wieder betrat.

»Aber Tom!«, rief sie schnell aus. »Du trinkst doch nicht etwa?«

»Heute trinken wir alle – und du musst wenigstens auch einen Schluck nehmen«, sagte Dennis lachend.

Er holte einen Korkenzieher hervor und öffnete die Flasche.

»Ich habe Neuigkeiten für dich, Florence! Und jetzt, Jerry, mach sie alle voll – und einen besonders großen Schluck für Käpt'n Nickers!«

Staunend beobachtete Florence, wie Jerry den Befehl befolgte. Dann hob Tom Dennis sein Glas und begegnete ihren verwirrten Augen mit einem fröhlichen Lachen.

»Gute Nachrichten, Florence!«

»Heute Morgen sind zwei Dinge passiert:

Erstens hat die andere Zeitung angeboten, sich an uns zu verkaufen – und ich werde ihr Angebot annehmen und sie von nun an als Wochenzeitung herausgeben. Das bedeutet, dass es hier keine Konkurrenz mehr gibt.

Und zweitens habe ich einen riesigen Werbevertrag mit einer der größten Agenturen abgeschlossen – er kam heute Morgen mit der Post.

Meine Damen und Herren, das bedeutet, dass der *Clarion* von nun an nicht nur fest in der Stadt verankert ist, sondern dass er auch anfängt, Geld hereinzuholen!«

»Ich habe Fehler gemacht«, fuhr Dennis etwas nüchterner fort. »Ich habe sie gemacht, als ich schon einmal hier war, und ich habe von ihnen profitiert.«

»Mit der Ausgabe vom nächsten Montag an stirbt der *Clarion* für immer! Ab nächsten Montag wird der *Marshville Pelican* ihren Platz einnehmen.«

»Trinken wir auf das neue Schiff!«

»Hurra!«, sagte Käpt'n Nickers. Aber Florence drehte sich zu ihrem Mann um.

»Und Tom«, sagte sie leise, »du musst dir einen neuen Redakteur für den Gesellschaftsteil suchen.« »Ich werde danach zu Hause bleiben und dir ein richtiges Zuhause schaffen!«

Von allen, die ihre Worte hörten, verstand nur Tom Dennis – und vielleicht verstand auch Miles Hathaway.

*** ENDE ***